KB078192

회귀자와 함께
살아가는 법

회귀자와 함께 살아가는 법 7

재미두스푼 현대 판타지 소설

초판 1쇄 찍은 날 § 2022년 6월 24일
초판 1쇄 펴낸 날 § 2022년 7월 1일

지은이 § 재미두스푼
펴낸이 § 서경석

총괄팀장 § 황창선
편집책임 § 이준영
디자인 § 스튜디오 이너스

펴낸곳 § 도서출판 청어람
등록번호 § 제387-1999-000006호
등록일자 § 1999. 5. 31
어람번호 § 제1-3187호

본사 § 경기도 부천시 부일로 483번길 40 서경B/D 3F (우) 14640
편집부 § 서울시 구로구 디지털로 272 한신IT타워 404호 (우) 08389
전화 § 02-6956-0531 팩스 § 02-6956-0532
http://www.chungeoram.com
E-mail § chungeorambook@daum.net

ⓒ 재미두스푼, 2022

ISBN 979-11-04-92449-1 04810
ISBN 979-11-04-92411-8 (세트)

도서출판 청어람

7

회귀자와 함께
살아가는 법

재미두스푼
현대 판타지 소설

ODERN FANTASTIC STORY

회귀자와 함께
살아가는 법

목차

Chapter. 1

"듣던 중 반가운 소리네요."

한우택이 '끝까지 잡는다'에 쏟아지고 있는 관객들의 호평 세례, 개봉 후 시간이 흐르면 흐를수록 점점 상영관이 늘어나고 있다는 사실, 그리고 강력한 경쟁작이라고 판단했던 '살인의 기억'의 개봉이 무기한 연기됐다는 소식을 간략히 설명했을 때, 서진우에게서 돌아온 반응이었다.

그 반응을 확인한 한우택이 질문했다.

─혹시… 이렇게 될 것을 알고 계셨습니까?

"'끝까지 잡는다'가 흥행할 것을 예상했냐고 물으신 거라면 맞습니다. 시나리오가 워낙 좋았거든요."

—제가 물은 건 그게 아닙니다. 혹시 리온 엔터테인먼트에서 투자와 배급을 맡은 '살인의 기억'의 개봉이 무기한 연기될 것을 알고 계셨는지를 여쭤본 겁니다.

"그건 저도 몰랐습니다."

—정말… 몰랐습니까?

"네, 제가 어떻게 그런 것까지 알고 있었겠습니까."

서진우는 재차 알지 못했다고 대답했다.

'왠지 알고 있었을 것 같은데.'

여전히 서진우의 말을 믿기 힘들다는 생각을 하던 한우택이 화제를 전환했다.

—그럼 혹시 '살인의 기억'의 개봉이 무기한 연기된 이유는 아십니까?

리온 엔터테인먼트 측에서는 작품의 완성도를 끌어올리기 위해서 후반 편집 작업에 시간을 더 투자하기로 결정한 탓에 '살인의 기억'의 개봉을 연기한다고 발표했다.

그러나 한우택은 리온 엔터테인먼트 측에서 발표한 '살인의 기억'의 개봉 연기 이유가 거짓이라는 것을 짐작했다.

'크리티컬 한 문제가 있는 거야.'

개봉일이 결정된 작품이 개봉 직전에 개봉을 연기하는 결정을 내리는 것.

막대한 비용 손실이 발생하기 때문에 결코 쉽지 않은 일이었다.

오랫동안 투배사에서 근무한 경험이 있었기에 한우택은 그 사실을 누구보다 잘 알고 있었다. 그래서 '살인의 기억'의 개봉 연기에는 무척 중요한 문제가 있어서일 것임을 짐작할 수 있었던 것이었다.

그리고 리온 엔터테인먼트 측에서 '살인의 기억' 개봉을 연기한 진짜 이유를 어쩌면 서진우는 알고 있지 않을까?

이런 생각이 퍼뜩 들어서 질문을 던진 것이었고.

"남의 회사 속사정까지 제가 어떻게 알겠습니까?"

잠시 후 서진우에게서 이유를 모르겠다는 대답이 돌아왔다.

"다만……."

—다만 뭡니까?

"작품의 소재가 겹친다는 소문은 얼핏 들었습니다."

—'끝까지 잡는다'와 '살인의 기억'의 소재가 겹친다는 이야기입니까?

"네, 두 작품 모두 한성 연쇄 살인 사건이 주요 소재라고 하더군요."

—그 소문은 저도 들었습니다. 하지만 단지 소재가 겹친다는 이유만으로 개봉까지 연기하는 경우는 드뭅니다.

"그럼 소재만 겹친 게 아닐 수도 있겠네요."

—네?

"스토리라인과 캐릭터도 겹쳤을 수도 있죠."

—……?

"그게 아니면… 같은 한성 연쇄 살인 사건을 소재로 한 작품인데 '끝까지 잡는다'의 완성도가 '살인의 기억'과 비교해서 압도적이다. 그러니까 지금 '살인의 기억'을 개봉해 봐야 승산이 없다. 이렇게 판단한 게 아닐까요?"

나름 일리가 있는 의견이란 생각이 들어서 고개를 끄덕이던 한우택이 제안했다.

—오늘 저녁에 시간 괜찮으십니까?

"오늘… 이요?"

—네, '끝까지 잡는다'의 흥행세도 안정 궤도에 진입한 상황이니, 오랜만에 서진우 씨와 술 한잔 같이 마시고 싶어서요.

"좋죠, 어디서 만날까요?"

—세가 잘하는 일식집을 알고 있습니다. 괜찮으십니까?

"괜찮습니다."

서진우가 제안을 수락한 순간 한우택이 말했다.

—그럼 이따 거기서 뵙죠. 주소와 시간은 제가 바로 문자로 보내겠습니다.

*   *   *

후두둑.

먹구름이 빠른 속도로 몰려드는 것이 심상치 않게 느껴진다 했더니 기어이 빗방울이 떨어지기 시작했다.

"결국 개봉이 연기됐구나."

자동차 앞 유리창에 떨어지고 있는 빗방울을 와이퍼가 힘겹게 닦아 내는 것을 바라보면서 운전대를 잡고 있던 내가 혼잣말을 꺼냈다.

한우택을 통해서 '살인의 기억'의 개봉이 무기한 연기됐다는 이야기를 전해 들었지만 전혀 놀랍지 않았다.

이런 결과를 이미 예측했기 때문이었다.

아니, '살인의 기억'의 개봉이 무산되도록 오래전부터 계획을 짜고 실행에 옮겼던 장본인이 바로 나였다.

"치명상이 되겠군."

심대평의 입장에서는 마른하늘에 날벼락이 떨어진 셈이나 마찬가지이리라.

그리고 '살인의 기억'의 개봉이 무산된 후폭풍은 무척 클 터였다.

'끝까지 잡는다'가 '살인의 기억'을 표절했다는 사실을 입증하는 것은 불가능한 상황.

개봉 무산으로 인해 막대한 손실을 입은 리온 엔터테인먼트 측은 제작사인 평화 필름에 손해 배상을 청구할 것이었다. 그리고 내가 알고 있기로 심대평은 수억대의 손해를 배상할 수 있는 금전적 여유가 없었다.

지난 생과 달리 이번 생의 심대평은 성공한 영화 제작자가 아니었으니까.

"빚은… 대충 갚은 셈인가?"

심대평을 벼랑 끝까지 몰았지만, 그에게 미안한 감정은 들지 않았다.

지난 생의 날 절망의 구렁텅이로 몰아넣었던 것이 바로 심대평이었으니까.

"이제 심대평은… 어떤 선택을 내릴까?"

내가 호기심을 품었을 때였다.

콰앙.

차량 후미에서 강한 충격이 전해졌다.

'추돌!'

만약 안전벨트를 매고 있지 않았다면 튕겨 나가서 머리를 앞 유리창에 박았을 정도로 추돌에 의한 충격은 컸다.

'다행이다!'

안전벨트를 매고 있었던 것에 잠시 안도했지만, 너무 이른 안도였다.

빵, 빠앙!

2차선 도로 맞은편에서 달려오고 있던 덤프트럭이 경적을 요란하게 울려 댔다.

경적을 울리는 것으로 모자라 상향등을 연신 번쩍거리고 있는 덤프트럭이 눈앞으로 빠르게 가까이 다가왔다.

'추돌의 충격으로 인해서 차량이 튕겨 나가면서 중앙선을

침범했어!'

현재 상황을 파악한 내가 빠르게 생각을 이어 나갔다.

'덤프트럭과 정면충돌하면… 죽는다!'

워낙 급작스러운 돌발 상황이었기에 덤프트럭 운전자는 속도를 줄이지 못했다.

이차선 도로는 폭이 좁았고, 도로 양단은 비탈길.

경사도 무척 가팔라서 낭떠러지나 마찬가지였다.

'브레이크를 밟아도, 트럭을 피하기 위해서 액셀러레이터를 밟아도 낭떠러지로 떨어져서 죽는 건 마찬가지다!'

절체절명의 순간, 내가 룸 미러를 살폈다.

비가 내리고 있어서 뒤 유리창에도 물기가 번져 있었다.

그로 인해 시야는 흐릿했다.

하지만 각그랜저의 뒤로 바싹 따라붙어 있는 검정색 승합차의 어렴풋한 모습은 확인할 수 있었다.

'왜… 속도를 안 줄이지?'

이미 추돌 사고가 발생한 상황이었다.

그럼에도 불구하고 내가 운전하는 차량과 추돌 사고를 일으켰던 검정색 승합차는 멈춰 서지 않았다.

오히려 속도를 줄이지 않은 채 각그랜저 뒤로 바싹 따라붙고 있었다.

'고의 추돌!'

그것 외에는 생각할 수 있는 게 없었다.

'핸들을 틀기에는 늦었다.'

내가 속도를 줄이며 핸들을 틀어 보려는 시도를 한다고 해도 검정색 승합차는 다시 추돌해서 덤프트럭 쪽으로 각그랜저를 밀어낼 것이 분명했다.

거기까지 생각이 미친 순간, 내가 이를 악물고 액셀러레이터를 강하게 밟았다.

왜애앵.

요란한 굉음과 함께 각그랜저가 가속했다.

하지만 덤프트럭과 충돌하는 것을 피하기에는 역부족이었다.

콰앙.

각그랜저 후미 부근이 덤프트럭과 충돌했다.

빙그르르.

충돌의 여파로 각그랜저가 빠른 속노로 회전했다.

'정신 차려야 해!'

정신을 잃어도 이상하지 않을 정도로 충돌로 인한 충격은 컸다. 그러나 난 필사적으로 정신을 부여잡았다.

지금 정신을 잃어버리면 진짜 죽는다는 사실을 본능적으로 알아챘기 때문이었다.

쿠웅.

그때, 또 한 번 강한 충격이 밀려들었다.

충돌의 여파로 도로 밖으로 튕겨 나가던 각그랜저가 가드레일에 부딪친 것이었다.

그그극.

가드레일이 휘어졌다.

빠른 속도로 튕겨 나가던 각그랜저의 속도가 순간적으로 줄어든 순간, 안전벨트를 풀고 운전석 차 문을 열었다.

'지금!'

그리고 망설이지 않고 몸을 밖으로 내던졌다.

그그그극.

각그랜저의 차체가 가드레일에 부딪치면서 만들어지는 굉음이 내 귓가를 때렸다. 그리고 충격을 이기지 못한 가드레일이 결국 끊어지면서 각그랜저는 비탈길 아래로 추락했다.

쿵, 쿵, 쿠쿠쿠쿵.

중심을 잃어버린 각그랜저가 속절없이 가파른 비탈길을 따라 굴러떨어졌다.

비탈길에 자생하고 있던 나무줄기 둥치를 붙잡고 힘겹게 버티고 있던 나는 낭떠러지나 다름없는 비탈길을 빠른 속도로 굴러 내려가는 각그랜저의 모습을 바라보다가 도로변으로 올라가기 시작했다.

"이걸 어째?"

덤프트럭 운전자가 당황한 기색으로 머리를 감싸 쥔 채 낭떠러지 아래를 바라보고 있는 모습이 보였다.

도움을 요청할 요량으로 그를 부르려 했던 내가 급히 입을 다물었다.

비탈길을 따라서 빠르게 굴러 내려가고 있는 각그랜저를 바라보는 사람이 한 명 더 있다는 것을 알아챘기 때문이었다.

'심… 대평?'

내가 심대평의 모습을 확인하고 두 눈을 치켜떴을 때였다.

콰앙!

비탈길 아래에서 거센 폭발음이 들렸다.

그 폭발음이 들려온 방향으로 고개를 돌리자, 조금 전까지 내가 운전하고 있었던 각그랜저가 거센 화염에 휩싸여 있는 모습이 보였다.

'진짜… 죽을 뻔했다!'

만약 가드레일에 부딪치며 속도가 줄어든 순간, 빠르게 결단을 내리고 안전벨트를 푼 후에 각그랜저에서 탈출하지 않았다면?

난 각그랜저 안에 갇힌 채 비탈길을 굴러 내려갔을 것이었다.

그리고 지금쯤 저 화염 속에서 타 죽어 갔으리라.

차량에서 탈출하는 결단을 내리는 것이 조금만 늦었다면 그대로 죽었을 거란 생각이 든 순간, 등줄기를 타고 식은땀이 흘러내렸다.

'이 새끼가 진짜!'

잠시 후, 내 관자놀이에 힘줄이 불거졌다.

심대평이 교통사고 현장에 모습을 드러낸 것은 절대 우연일 리가 없었다.

그렇다면 아까 내가 운전하고 있던 각그랜저를 추돌한 검정색 승합차의 운전자가 심대평일 가능성이 무척 높았다.

심대평이 서 있던 방향으로 내가 다시 고개를 돌렸다.

그렇지만 그의 모습은 더 이상 보이지 않았다.

'갔다!'

심대평은 조금 전 살의 어린 시선으로 비탈길을 굴러 내려가서 폭발한 각그랜저를 내려다보고 있었다. 그리고 각그랜저가 폭발하며 화염에 휩싸이는 것을 확인하고 먼저 떠난 듯 보였다.

그래서 이를 악물고 양팔에 힘을 주며 비탈길을 올라갔다.

"으윽!"

충돌의 여파 때문에 전신 곳곳이 아프다고 비명을 질렀다.

쫘악.

간신히 가드레일을 움켜쥐는 데 성공한 뒤 가쁜 숨을 몰아쉬며 도로 위쪽 상황을 살폈다.

'사라졌네!'

아까 각그랜저 후미를 추돌했던 검정색 승합차의 모습이 보이지 않는다는 것을 확인했을 때였다.

"살아… 있었소?"

턱 밑에 수염이 수북하게 자란 덤프트럭 운전자가 두 눈을 부릅뜬 채 믿기지 않는다는 표정으로 날 바라보고 있었다.

'살았다!'

극적으로 살아남았다는 안도감이 든 순간, 긴장이 풀렸다.

"119!"

나는 마지막 힘을 짜내서 한마디를 남기자마자 정신을 잃었다.

*   *   *

다시 정신을 차렸을 때는 병원이었다.

'인간은 정말 변하지 않는구나.'

의식을 되찾자마자 내가 가장 먼저 한 생각이었다.

지난 생의 심대평과 이번 생의 심대평은 지위도, 상황도 달랐다.

그렇지만 그가 악인이라는 것은 변하지 않았다.

"왜 날 죽이려 한 걸까?"

'살인의 기억'의 개봉이 무기한 연기, 아니, 개봉이 무산되면서 심대평은 말 그대로 벼랑 끝 상황에 몰렸었다.

그리고 궁지에 몰린 그가 과연 어떤 선택을 내릴지는 나도 궁금해하던 참이었다.

하지만 심대평이 교통사고를 가장해서 날 죽이려는 시도를 할 것이라는 생각까지는 미처 하지 못했었다.

"왜 이런 극단적인 선택을 한 걸까?"

심대평이 극단적인 선택을 내린 이유에 대해서 고민하던 내가 한참 만에 가능성이 있는 이유를 떠올렸다.

"똑같은 상황이 반복될 거라고 판단했던 거야."

'텔 미 에브리씽', 그리고 '살인의 기억'.

회귀한 영화 제작자 심대평이 평화 필름을 설립한 후에 제작에 나섰던 두 편의 영화였다.

그렇지만 심대평은 그 두 작품에 모두 제작자로 이름을 올리지 못했다.

변종 회귀자인 내가 두 작품을 모두 선점해 버렸기 때문이었다.

그 일련의 과정을 통해서 심대평은 내가 회귀자라는 사실을 알아챘을 터.

그리고 앞으로도 계속 같은 상황이 반복될 거라는 우려는 심대평의 생각을 극단으로 치닫게 했을 것이었다.

"날 죽이고 나면… 모든 문제들이 다 해결된다고 판단한 거야."

심대평 입장에서 난 인생의 커다란 걸림돌이다.

그런 내가 사라진다면?

그는 회귀자로서 다시 승승장구할 수 있을 터.

이것이 그가 사고로 위장해서 날 죽이려는 시도를 했던 진짜 이유임을 내가 알아챘을 때였다.

드르륵.

병실 문이 열리고 간호사가 안으로 들어왔다.

기계적으로 수액의 양을 체크하고 기록하던 간호사는 내가 두 눈을 뜨고 있다는 사실을 뒤늦게 알아채고 깜짝 놀랐다.

"어머! 환자분, 정신이 드세요?"

"네."

"무슨 일이 있었는지 기억나세요?"

"교통사고가 났다는 것은 기억합니다. 그보다… 제가 병원에 언제 왔습니까?"

"반나절쯤 지났어요."

'꽤 오래 정신을 잃고 있었네.'

내가 속으로 생각했을 때, 간호사가 덧붙였다.

"이 정도면 천운이나 다름없어요. 사고가 워낙 컸거든요."

간호사는 사고 규모에 비해서 이 정도만 다친 것이 천운이라고 말했다.

하지만 운이 따랐던 것이 아니었다.

'태극일원공 덕분에 산 거야.'

덤프트럭과 충돌한 각그랜저가 가드레일에 부딪친 순간, 무조건 탈출해야 한다고 순간적으로 판단을 내렸던 것이 주효했다.

하지만 판단을 내린 것만으로는 부족했다.

급박한 상황에서 내 몸이 엄청난 반응 속도를 보일 수 있었던 것은 태극일원공을 꾸준히 수련한 덕분에 몸이 잘 단련되어 있었던 덕분이었다.

'태극일원공이 아니었다면 더 심각한 부상을 입었을 거야. 어쩌면 현장에서 죽었을 수도 있고.'

새삼 태극일원공의 소중함을 깨달았던 내가 잠시 후 쓴웃음을 머금었다.

'따지고 보면 각그랜저 덕분에 살아난 셈이기도 한데… 과연 이게 좋아해야 할 일인지 모르겠네.'

심대평이 운전하던 검정색 승합차와 1차로 추돌을 했고, 속도를 줄이지 못하고 맞은편에서 다가온 덤프트럭과 2차로 충돌한 상황.

무척 큰 사고였지만, 각그랜저의 에어백은 작동하지 않았다.

일반적인 경우였다면, 차량 에어백이 터지지 않은 것을 원망해야 했다.

하지만 이번 사고의 경우는 달랐다.

'만약 에어백이 터졌다면?'

내 행동반경에 제약이 생겼을 터.

그랬다면 가드레일에 부딪치며 속도가 줄었을 때, 안전벨트를 풀고 각그랜저에서 탈출하는 것이 불가능했을 수도 있었다.

'결과적으로는 에어백이 터지지 않은 것이 날 살린 셈인가?'

내 생각이 거기까지 미쳤을 때였다.

드르륵.

다시 병실의 문이 열렸다. 그리고 다급한 표정으로 병실 안으로 뛰어 들어온 것은 한우택이었다.

"부대표님!"

"한 대표님, 여길 어떻게 알고……?"

"살아 있어서 다행입니다."

한우택은 내 질문에 대답하지 않았다.

대신 성큼성큼 다가와 날 덥석 안았다.

"정말… 정말 다행입니다."

그런 그가 안도하며 눈물을 쏟아 내기 시작했다.

'이거 그림이 별로 안 좋은데.'

내가 난감한 표정을 지은 채 간호사의 반응을 살폈다.

우려대로 간호사는 의심쩍은 시선을 던지고 있었다.

"한 대표님, 저 멀쩡하니까 이러지 마시죠."

내가 한우택을 간신히 밀어내는 데 성공했을 때였다.

"서진우 씨, 이게 대체 무슨 일입니까?"

이번에는 신대섭이 등장했다. 그리고 신대섭의 반응은 한우택보다 더 격렬했다.

병실 안으로 들어선 신대섭의 눈에는 이미 그렁그렁 눈물이 맺혀 있었다. 그리고 한우택보다 더 격하게 날 끌어안고 눈물에 콧물까지 쏟아 내며 오열했다.

그런 날 바라보는 간호사의 시선은 아까보다 더 싸늘해졌고.

"신대섭 씨, 저 괜찮습니다."

"이만한 게 정말 다행입니다."

"네, 그러니까 그만 우시죠."

'아, 힘들다!'

내가 피로감을 느꼈을 때였다.

"부대표님!"

이번에는 백주민이 등장했다.

녹색 체육복에 삼선 슬리퍼를 끌고 등장한 백주민은 말릴 새도 없이 날 끌어안고 오열하기 시작했다.

'포기하자!'

아무래도 간호사가 지금 하고 있는 오해를 풀어 주기는 힘들다고 판단한 내가 짤막한 한숨을 내쉬며 속으로 생각했다.

'그래도 잘 살았네.'

내가 다쳤다는 소식을 듣고 병원으로 바로 달려와서 이렇게 걱정하며 울어 주는 사람들이 많다는 것이 내가 그동안 헛살았던 것은 아니라는 증거였다.

그래서 희미한 웃음을 입가에 머금었을 때였다.

"좋으… 세요?"

간호사가 내게 물었다.

"그래서 웃은 게 아니라……."

내가 당황하며 오해하고 있는 것이라고 설명하며 했지만, 결국 원래 하려던 말을 끝맺지 못 했다.

"지금 웃음이 나와?"

잔뜩 화가 난 표정으로 천태범과 함께 병실에 도착한 이청솔이 질문을 던졌기 때문이었다.

"선배님, 여긴 왜 오셨습니까?"

"내가 가장 아끼는 후배가 다쳤는데 당연히 와야지. 사고 당시 상황 기억나?"

"네."

"단순 사고야?"

이청솔은 차장 검사답게 날카로운 질문부터 던졌다.

"단순한 교통사고가 아닙니다."

"그럼?"

"뺑소니입니다."

'개새끼!'

이청솔과 대화를 나누며 사고 당시 상황을 떠올린 내가 인상을 와락 구겼다.

새삼 심대평에 대한 분노가 치밀어 올라서였다.

'두 번씩이나 날 죽이려 했어!'

지난 생에 한 번, 그리고 이번 생에 한 번.

심대평은 무려 두 번씩이나 날 죽이려 한 셈이었다.

난 성인군자가 아니다.

당연히 심대평을 용서할 생각이 눈곱만큼도 없다.

*   *   *

나와 이청솔, 그리고 천태범.

이렇게 셋만 병실에 남겨진 순간, 이청솔이 본격적으로 당시 사건 상황에 대해서 질문하기 시작했다.

"정말 뺑소니가 맞아?"

"그렇습니다."

내 대답을 들은 이청솔이 은테 안경 너머 두 눈을 빛내는 동안 천태범은 의아한 표정을 지었다.

"서 이사, 사고 당시에 워낙 경황이 없어서 뭔가 착각한 것 아냐? 서 이사가 운전하던 차량과 충돌한 덤프트럭 운전기사는 사고 이후에 현장을 떠나지 않았어. 사고 소식을 전하고 구조 요청을 한 것도 덤프트럭 운전기사야. 즉, 현장을 떠나지 않고 구호 조치까지 모두 마쳤다는 뜻이지."

"제가 덤프트럭과 충돌하도록 만든 자가 있습니다."

"확실해? 내가 병원으로 찾아오기 전에 경찰서 교통사고 조사계로 전화를 걸어서 확인해 보니까 그쪽은 서 이사의 졸음운전으로 인한 중앙선 침범을 사고의 원인으로 의심하고 있던데."

천태범의 이야기를 들은 내가 미간을 찌푸렸다.

'하마터면 완전 범죄가 될 뻔했네.'

만약 내가 사건 현장에서 죽었다면?

난 과로로 인해 졸음운전을 하다가 중앙선을 침범해서 덤프트럭과 충돌해서 사망한 걸로 결론이 났을 가능성이 높았다.

거기까지 생각이 미친 순간, 심대평에 대한 분노가 더욱 들끓었다.

"덤프트럭과 충돌하기 전에 먼저 추돌 사고가 있었습니다."

"추돌 사고라면… 뒤차가 서 이사가 운전하던 차량을 들이

받았다는 뜻이야?"

"네, 그 추돌 사고의 충격으로 인해서 제가 운전하던 차량이 중앙선을 침범했던 겁니다. 그래서 덤프트럭과의 충돌을 피할 수 없었죠."

"그 차량 운전자는?"

"현장에서 사라졌습니다. 그래서 제가 아까 단순 교통사고가 아니라 뺑소니 사고라고 주장했던 겁니다."

내가 설명을 마친 순간, 이청솔이 끼어들며 질문했다.

"단순 사고야? 고의 사고야?"

'역시 핵심을 잘 찔러!'

내가 속으로 생각하며 대답했다.

"고의 사고였습니다."

"확실해? 그렇게 판단하는 근거는?"

"추돌 사고 이후에도 뒤 차량이 멈추지 않았습니다."

"……?"

"만약 제가 1차 추돌 사고 이후에 핸들을 틀어서 트럭과의 충돌을 피하려는 시도를 했다면 2차 추돌을 일으킬 목적이었을 겁니다. 그래서 속도를 줄이지 않고 제 차 뒤로 바싹 따라붙었던 것 같습니다."

내가 당시 사건 정황에 대한 설명을 마치자, 잠시 침묵이 흘렀다.

그 침묵을 깨뜨린 것은 이청솔이었다.

"그 말인즉슨, 후배가 운전하는 차량이라는 것을 알고 일부러 노렸다는 뜻이야?"

"네, 맞습니다."

내가 확신에 찬 목소리로 대답한 순간, 천태범이 반박했다.

"너무 멀리 간 것 아냐?"

"저는 확신합니다."

"하지만……."

"제가 운전하는 차량을 추돌했던 검정색 승합차 운전자의 얼굴을 봤기 때문에 확신하는 겁니다."

내가 대답을 덧붙인 순간, 이청솔이 상기된 목소리로 질문했다.

"정말 추돌 차량 운전자를 봤어?"

"네."

"룸 미러로 본 거야?"

"사고 당시에 비가 왔습니다. 룸 미러로는 뒤 차량 운전자의 신원을 확인할 수 없는 상황이었습니다."

"그럼 어떻게 목격했던 거야?"

"덤프트럭과 충돌한 후 제 차는 가드레일을 뚫고 비탈길을 따라서 굴러 내려갔습니다. 아마 뒤 차량 운전자는 제가 차량에서 탈출하지 못하고 갇혀 있다고 판단했을 겁니다. 그래서 제 죽음을 확인하기 위해서 도로변에서 지켜보고 있었을 겁니다. 그런데 저는 차량에서 미리 탈출했던 덕분에 그때 도로변에서 지켜보고 있던 뒤 차량 운전자를 목격할 수 있었습니다."

"단순 뺑소니가 아니네. 후배 말이 모두 사실이라면… 살인 미수 혐의도 충분히 적용이 가능하겠어."

죄목을 정정한 이청솔이 다시 질문했다.

"그때 본 사람이, 아는 놈이었어?"

"네."

"누군데?"

"이름은 심대평으로 영화 제작사 평화 필름의 대표입니다."

"혹시… 동기가 있을까?"

"……?"

"아까 내가 단순 뺑소니 사고가 아니라 살인 미수 혐의도 적용할 수 있을 것 같다고 말했잖아. 그래서 심대평이란 놈이 후배를 살해할 만한 동기가 있는지 여부를 물은 거야."

이청솔의 말뜻을 이해한 내가 대답했다.

"살인 동기라면 있습니다."

"뭐야?"

"심대평은 '살인의 기억'이란 영화를 제작했습니다. 제가 제작했던 '끝까지 잡는다'보다 일주일 뒤에 개봉하기로 일정이 잡혀 있었죠. 그런데 '살인의 기억'의 개봉이 무기한 연기됐습니다. '살인의 기억'의 투배사인 리온 엔터테인먼트에서는 후반 작업에 공을 들여서 작품의 완성도를 끌어올리기 위해서 개봉을 연기했다고 발표했습니다만 개봉이 연기된 진짜 이유는 따로 있습니다. '살인의 기억'과 '끝까지 잡는다'의 소재가 겹친 데다가, 사건 전개도 유사했기 때문입니다. 그래서 심대평은 표절을 의심했습니다."

"후배가 제작했던 '끝까지 잡는다'라는 영화가 '살인의 기억'을 표절했다. 이렇게 의심했다는 뜻이지?"

"네."

"표절, 맞아?"

"만약 제가 표절을 했다면 심대평이 가만히 있었겠습니까?"

"……?"

"바로 표절 소송부터 했을 겁니다. 그런데 그렇게 하지 않은 이유는 증거가 없기 때문이죠."

"그래서 앙심을 품고 후배를 살해하려고 했다?"

"네."

이청솔이 팔짱을 낀 채 고민에 잠겼다.

'살인 동기로는 조금 약하지 않나?'

아마 이렇게 판단하고 있을 것이었다.

'그렇게 느껴지는 게 당연하지.'

아까 내가 했던 설명에는 무척 중요한 내용이 하나 빠져 있다. 바로 나와 심대평이 모두 회귀자란 것이다.

심대평이 날 살해하려는 진짜 동기는 내가 그와 같은 회귀 자라서 그의 인생에 걸림돌이 되기 때문이었다.

그런데 이 사실을 털어놓을 수 없어서 빼놓았기에 내가 말했던 살인 동기가 이청솔의 입장에서는 약하게 느껴지는 것이리라.

"일단… 알았어."

잠시 고민하던 이청솔이 결심을 굳힌 표정으로 덧붙였다.

"이 사건은 내가 직접 챙기지."

"굳이 그러실 필요까지는……."

"내가 챙기는 게 당연한 거야. 그리고 이번에는 약속하지. 심대평이라는 그놈, 확실히 끝장낼게."

*　　　　　*　　　　　*

드르륵.

병실 문이 열리고 간호사 이영미가 들어왔다. 그리고 날 바라보는 이영미의 시선은 여전히 싸늘하다.

한우택과 신대섭, 그리고 백주민이 침상에 누워 있던 날 끌어안고 오열하는 모습을 고스란히 지켜보았기 때문이리라.

'불편하네.'

오해를 한 이영미가 던지는 싸늘한 시선이 불편하게 느껴졌다. 그래서 내가 한숨을 내쉬었을 때, 이영미가 물었다.

"어디 불편하세요?"

"아닙니다, 괜찮습니다."

"선생님들이 많이 놀라고 계세요."

"왜 놀라시는 겁니까?"

"환자분의 회복 속도가 이례적일 정도로 빠른 편이거든요."

'이것도 태극일원공의 효능이구나.'

덤프트럭과 충돌했던 큰 교통사고였다는 점을 감안하면, 내가 사고 당시 입었던 부상 정도는 미미한 편이었다.

갈비뼈에 금이 갔고, 양 손목의 인대가 늘어난 것이 전부였으니까.

그리고 이영미의 말처럼 내 회복 속도는 무척 빨랐다.

움직일 때 별 통증이 없다는 것이 내 회복 속도가 아주 빠르다는 증거였고, 이것 역시 태극일원공의 효능이란 것을 어렴풋이 알 수 있었다.

드르륵.

그때, 병실 문이 열리고 채수빈이 들어왔다.

"선……."

교복을 입고 찾아온 채수빈은 환자복을 입고 있는 날 발견한 후 아무 말도 못 하고 눈물부터 쏟아 내기 시작했다.

"엉엉엉!"

그리고 내 품에 안긴 채 오열하는 채수빈의 등을 쓰다듬어 주던 내가 난감한 표정을 지었다.

날 바라보는 간호사 이영미의 눈빛이 더 싸늘하게 변했기 때문이었다.

시커먼 남자들에 이어서 교복 입은 여고생까지.

'오해할 만하네.'

내가 오해를 푸는 것을 깔끔하게 포기했을 때였다.

"큼, 큼!"

병실 안으로 채동욱이 들어섰다. 그리고 채동욱이 헛기침을 한 후에야 채수빈이 후다닥 내게서 떨어졌다.

"서 선생, 괜찮은가?"

"네, 괜찮습니다. 찾아와 주셔서 감사합니다."

"서 선생이 다쳤는데 당연히 와 봐야지."

채동욱이 굳은 표정으로 내게 물었다.

"그런데 왜 혼자 있는 건가? 부모님은 안 오셨나?"

"걱정하실 것 같아서 일부러 알리지 않았습니다."

"그렇군."

채동욱이 고개를 끄덕일 때, 또다시 손님들이 찾아왔다. 이번에 찾아온 손님은 블루윈드 소속 배우들이었다.

이강희는 들어오자마자 내게 달려들었다.

"서진우 씨, 괜찮은 거죠? 진짜 괜찮은 거죠?"

날 안고 오열하는 이강희를 향해 채수빈이 질투의 감정을 드러냈다.

그리고 신은하는 못마땅한 표정을 짓고 있었고.

반면 간호사 이영미는 놀란 기색이 역력했다.

'아, 피곤하다!'

이 상황에 피곤함을 느낀 내가 이영미에게 물었다.

"오늘 퇴원해도 되나요?"

*   *   *

끝까지 병시중을 들겠다고 고집을 피우던 채수빈까지 돌아
가고 나서야 난 겨우 자유를 되찾았다.

계속 찾아오는 병문안 손님들로 인해 병실에 갇혀 있었던
난 갑갑함을 느끼고 병실을 빠져나왔다.

산책을 할 계획으로 복도를 가로지르던 난 이내 걸음을 멈
췄다.

낯익은 얼굴을 발견해서였다.

'또… 병원에서 만났네!'

반가운 마음을 감추지 못하고 그의 앞으로 다가가려 했을
때였다.

"가자!"

그가 안색이 창백하고 모자를 눌러쓴 어린 여자아이의 손
을 잡고 일어섰다.

초등학생 1학년 정도로 보이는 여자아이가 그에게 물었다.

"아빠, 이제 집에 갈 수 있어?"

"응."

"잘됐다."

"…그래."

"나, 빨리 집에 가고 싶어."

"응, 아빠가 집에 가서 맛있는 것 많이 만들이 줄게."

"신난다."

여자아이는 신이 난 기색이었다. 그렇지만 여자아이와 대화하는 그의 표정은 무척 어두웠다. 그리고 간호사들은 살갑게 대화를 나누고 있는 부녀를 바라보지 않고 일제히 외면하고 있었다.

'무슨… 상황이지?'

이상함을 느낀 내가 데스크로 다가갔다.

"경문철 환자한테 무슨 일이 있는 겁니까?"

내 질문을 들은 간호사가 고개를 갸웃했다.

"경문철 환자요?"

"네, 저기 저분요."

딸아이의 손을 잡고 복도를 가로질러 걸어가고 있는 경문철을 손으로 가리키며 묻자, 간호사가 정정했다.

"경수민 환자 말씀하시는 거예요?"

"경수민 환자요?"

"네, 저기 아빠랑 같이 걸어가고 있는 여자아이 이름이 경수민이거든요."

내가 경문철을 처음 만났던 장소는 호스피스 병동.

그리고 다시 병원에서 그를 재회했다.

해서 당연히 경문철이 환자일 거라고 판단했는데… 오판이었다.

'딸이 아파서 병원에 온 거였구나.'

경문철의 손을 잡고 걸어가는 어린아이의 뒷모습을 물끄러미 바라보고 있을 때, 간호사가 덧붙였다.

"병원비가 많이 밀렸어요. 그래서 어쩔 수 없이 절차대로 퇴원 조치 하는 거고요. 저희도 마음이 많이 안 좋아요."

"그럼 수민이가 다 나아서 퇴원하는 게 아닙니까?"

"네."

"병명이 뭔가요?"

"그건 환자 프라이버시와 관련된 부분이라서 알려 드리기 곤란한데요."

"그럼… 완치가 가능한 병인가만 알려 주시죠."

내가 질문을 바꾸자, 간호사가 잠시 망설이다가 대답했다.

"수술만 제때 받으면… 완치될 가능성이 높아요."

＊　　　　＊　　　　＊

"신입, 맞지?"

"네? 네."

"그럼 내가 교육을 좀 해 줘야겠군."

"여기서 같이 죽어 가는 처지인데… 교육까지 받아야 합니까?"

"잘 죽는 것도 아주 중요하거든."

"……?"

"그래서 교육이 필요해. 여기서 지낼 때 가장 큰 애로 사항이 뭔지 알아?"

"밥 아닙니까?"

"응?"

"밥이 더럽게 맛없더라고요."

"클클, 밥이 맛없는 건 사실이지. 그런데 내가 한 질문에 대한 정답은 아냐. 진짜 애로 사항은… 시간이야."

"시간… 이요?"

"남는 게 시간이란 말, 들어 본 적 있지?"

"네."

"여기가 딱 그런 곳이야. 시간이 남아돌거든. 그러다 보니까 자꾸 후회를 하지. 이렇게 살았으면 지금의 내 상황이 달라지지 않았을까? 그때 그런 결정을 내렸다면 내 인생이 지금과는 바뀌지 않았을까? 더 상황이 나아지지 않았을까? 이런 후회들 말이야. 그런데 후회하느라고 아까운 시간을 허비하지 마."

"실천… 하고 있습니까?"

"응?"

"후회하지 않느냐고 묻는 겁니다."

"나? 당연히… 후회하지."

"언행일치가 안 되는 것 아닙니까?"

"이 친구, 원래 세상에서 가장 어려운 게 언행일치야."

"그럼 경문철 씨가 가장 후회하는 게 무엇입니까?"

"내가 가장 후회하는 건⋯ 그림을 그린 일이야. 그림 따위 안 그리고 공부를 열심히 했다면 딸아이를 살릴 수 있었을 테니까."

여기서 다시 만나게 될 거라고 예상치 못했던 경문철과 재회한 순간. 오랫동안 잊고 지냈던 예전 기억이 떠올랐다.

그리고 호스피스 병동에서 경문철과 나누었던 대화도 불현 듯 되살아났고.

'그림을 그렸던 것을 후회했었지!'

호스피스 병동에 머물고 있을 때는 내가 처한 상황이 너무 절망스러웠다. 그래서 까맣게 잊고 있었던 경문철의 이야기가 그의 딸아이인 경수민을 만난 순간 마치 당연하다는 듯이 떠올랐다.

'살릴 수 있다!'

예전의 나는 경수민을 살릴 수 없었다.

내가 호스피스 병동에서 경문철을 만났을 때, 그의 딸인 경수민은 이미 이 세상 사람이 아니었으니까.

그러나 지금은 상황이 다르다.

경문철의 딸인 경수민을 살릴 기회가 있었다.

또, 그럴 수 있는 능력도 있었다.

그러니 망설일 필요가 없었다.

'살리자!'

"경문철 씨!"

내가 결심을 굳히고 경문철을 향해 다가가며 이름을 불렀다.

얼굴의 절반을 덮을 정도로 수염이 덥수룩하게 자란 그가 고개를 돌린 후 날 의아하게 바라보았다.

"날 불렀어요?"

"네."

"날… 알아요?"

물론 난 그를 이미 알고 있다.

지난 생에 그와 호스피스 병동에서 만났던 걸 기억하고 있었으니까.

그러나 경문철은 다르다.

내가 초면일 터였다.

그런데 내가 그의 이름을 알고 불렀기 때문에 당황한 것이었다.

"네, 알고 있습니다."

"어떻게 저를 아시는 겁니까?"

"한미선 작가에게 들었습니다."

"한미선 작가요?"

"아, 우선 한미선 작가에 대해서 설명을 드리는 게 맞는 순서겠네요. 그런데… 그 전에 일단 자리부터 옮길까요?"

"네?"

"딸아이가 좀 힘들어 보이네요. 1층에 빵집이 있는데 거기서 잠깐 얘기 나누시죠."

경문철은 호기심과 경계심이 뒤섞인 시선을 던지며 내 제안을 수락했다. 그리고 빵집에 도착한 내가 경수민에게 물었다.

"뭐 먹고 싶어?"

"아무거나요."

"케이크 먹을래?"

"정말… 먹어도 돼요?"

"그럼."

"하지만… 비싸잖아요."

'일찍 철이 들었구나.'

경수민과 대화를 나누던 내가 속으로 한숨을 내쉬었다.

아까 간호사는 경수민의 병원비가 밀려서 어쩔 수 없이 퇴원 수속 절차를 밟고 있는 거라고 말했었다.

그 이야기를 통해 경문철이 형편이 어렵다는 것은 유추할 수 있었다.

그래서 경수민은 아직 어린 나이임에도 불구하고 이런 집안 사정을 알고 일찍 철이 들어 있었다.

'어쩌면… 알고 있었던 게 아닐까?'

병이 다 나아서 퇴원하는 게 아니라, 병원비가 없어서 퇴원하는 것임을 경수민도 알고 있을지도 모르겠단 생각이 든 순간, 마음이 아팠다.

"아저씨 부자야. 그러니까 먹고 싶은 것 있으면 마음껏 먹어도 돼."

그제야 경수민이 두 눈을 반짝이며 진열대 앞으로 다가갔다.

"골라 봐."

진열대에는 생크림케이크와 초코케이크, 총 두 종류의 케이크가 진열돼 있었다.

"어떤 걸 더 좋아해?"

"저는… 음… 초코케이크로 먹을게요."

"그래, 알았어. 자리에 가 있어. 아저씨가 주문해서 갈 테니까."

경수민의 선택은 초코케이크였다. 그렇지만 난 경수민의 시선이 생크림케이크에 한참 머물렀던 것을 놓치지 않았다.

"저기요."

"네."

"우선 생과일주스 세 잔 주시고, 케이크를 두 개 다 살 건데 여기서 조카가 바로 먹을 수 있게 조금씩 잘라서 줄 수 있나요?"

"아, 물론 가능합니다."

"그럼 그렇게 부탁드릴게요. 그리고 남은 케이크는 나갈 때 가져갈 거니까 포장해 주세요."

계산을 치르고 생과일주스와 조각 케이크를 들고 탁자로 돌아갔다.

"자, 드세요. 어서 먹어."

"잘 먹겠습니다."

케이크를 보고 반색하는 경수민을 보고 있자니, 기분이 묘했다.

지난 생, 죽었다고 들은 경수민을 실제로 만났기 때문이었다.

게다가 난 경수민을 살릴 수 있는 기회도 얻은 상태였다.

"아까 하던 얘기를 마저 해도 될까요?"

내가 운을 떼며 지갑에서 명함을 꺼냈다.

"저는 이런 일을 하는 사람입니다."

내가 경문철에게 건넨 것은 서가북스 대표인 아버지의 명함이었다.

"출판사 대표님입니까?"

그 명함을 확인한 경문철이 살짝 놀란 표정으로 물었다.

"제가 아니라 아버지가요."

"네?"

"그거 아버지 명함입니다."

"아, 네."

비로소 이해한 기색의 경문철에게 내가 덧붙였다.

"저는 서진우입니다. 비록 공식적인 직함은 없지만 아버지의 출판사 일을 돕고 있습니다. 아까 언급했던 한미선 작가는 제가 직접 찾아가서 계약을 맺었던 작가입니다. 그리고 한미선 작가에게 추천해 줄 만한 실력 있는 작가분이 없냐고 물었더니 경문철 작가님을 추천했습니다. 그래서 아까 경문철 작가님을 알아봤던 겁니다."

"아, 네."

"갑자기 이런 말씀을 드리면 당혹스러우시겠지만, 서가북스와 작품 계약을 맺는 것이 어떻습니까?"

내 예상대로 경문철은 당혹스러운 기색이 역력했다.

"좀, 아니, 많이 당혹스럽네요. 제게 생각할 시간을 좀 주십시오."

그런 경문철은 고민할 시간을 달라고 부탁했다.

그 부탁을 들은 내가 고개를 흔들었다.

"시간을 많이 드릴 수는 없습니다."

"왜… 입니까?"

내가 경수민을 바라보며 대답했다.

"병세는 하루가 다르게 악화되니까요."

*　　　　*　　　　*

"왜… 뉴스에 안 나오는 거지?"

담요를 머리 위까지 뒤집어쓴 채 TV 뉴스를 바라보던 심대평이 고개를 갸웃했다.

서진우가 교통사고로 사망했다는 소식을 전하는 뉴스가 나오는 것을 확인하기 위해서 벌써 며칠째 꼼짝도 하지 않고 기다렸지만, 사고 관련 소식은 뉴스에 일절 나오지 않았다.

"너무 작은 사건이라서 뉴스에 안 나오는 건가?"

따지고 보면 서진우의 죽음은 단순 교통사고였다

살인 사건을 비롯한 흉악 범죄들이 하루에도 수십 건씩 일어나는 험한 세상.

그러니 단순 교통사고로 인한 서진우의 죽음이 TV 뉴스에 등장하기에는 너무 작은 사건일지도 모르겠다고 심대평은 추측했다.

그렇지만 확실히 해 두고 싶었다.

그래서 고민하던 심대평이 송태경에게 전화를 걸었다.

"송 작가, 나야."

—안녕하세요?

안녕하냐는 송태경의 인사말을 들은 후 심대평이 미간을 찌푸렸다.

서진우가 차기작으로 '우리 공공의 적'이라는 작품을 준비한다는 잘못된 정보를 전달했던 장본인이 바로 송태경이었기 때문이었다.

마음 같아서는 그때 왜 거짓 정보를 건넸냐고 버럭 화를 내며 그녀를 추궁하고 싶었다.

그러나 심대평은 그 마음을 꾹 눌렀다.

아쉬워서 먼저 전화를 건 것은 자신이었기 때문이었다.

"요새 많이 바빠?"

—그냥저냥 해요.

"오늘 시간 되면 잠깐 만날 수 있을까?"

―무슨 일로 절 만나시려는 건데요?

"송 작가한테 작업을 맡기고 싶은 게 있어서."

―작업… 이요?

"그래서 작품 관련해서 상의를 좀 하고 싶거든."

아주 거짓말을 한 것은 아니다.

인생에서 가장 큰 걸림돌이었던 서진우를 제거한 상황.

심대평은 다시 영화 제작을 시작할 생각이었다. 그리고 이전과 달리 무조건 성공할 자신이 있었다.

―알겠습니다, 어디서 뵐까요?

"지난번에 만났던 그 커피 전문점에서 만나지. 이따 세 시정도 어때?"

―네, 그때 뵐게요.

송태경과 약속을 잡은 심대평이 덮어쓰고 있던 담요를 벗었다.

'혹시 경찰이 날 찾아오지 않을까?'

두려운 마음이 살짝 들었지만, 심대평은 이내 고개를 가로저었다.

당시 사고는 충동적으로 벌인 것이 아니었다.

'서진우를 죽이자!'

이렇게 살의를 품고 난 후, 치밀하게 계획을 세웠다.

'내가 처벌을 받으면 안 돼!'

설령 서진우를 죽이는 데 성공한다고 하더라도 자신이 검거되어 살인죄로 처벌을 받는다면?

서진우를 죽인 보람이 없어졌다.

그래서 심대평은 단순 교통사고로 위장해서 서진우를 죽이기로 결심하고 나름 철저하게 준비했다.

비가 억수처럼 내리는 날을 골랐고, 방범 CCTV가 없는 이차선 도로를 골라서 교통사고를 유발했다.

그러니 경찰이 자신이 사고에 연루됐다는 것을 알아챌 가능성은 희박하다고 심대평은 자신했다.

'완전 범죄!'

심대평은 택시를 타고 논현동으로 향했다. 약속 장소인 커피 전문점에 도착했을 때, 송태경 작가는 먼저 도착해서 기다리고 있었다.

"송 작가, 오랜만이야."

"네, 오랜만에 뵙습니다."

"참, 축하해."

"네?"

"'끝까지 잡는다'로 입봉했잖아!"

'IMF'라는 작품의 각색을 맡았던 송태경은 '끝까지 잡는다'라는 작품에서는 각본 타이틀에 이름을 올렸다.

그 사실을 알고 있는 심대평이 축하 인사를 건네자, 송태경이 생긋 웃었다.

"서진우 대표님 덕분이에요."

그리고 송태경이 서진우의 이름을 언급한 순간, 심대평이 흠칫하며 조심스럽게 질문했다.

"서진우 대표와의 작업이 만족스러웠나 보네."

"네, 아주 좋았어요."

"그럼 앞으로도 서진우 대표와 계속 손잡고 일할 생각이야?"

"지난 작업들의 결과물이 나쁘지 않았으니까 계속 그렇게 할 생각인데요."

'아직 사고 소식을 못 들었구나!'

송태경이 고개를 끄덕이며 대답하는 것을 들은 심대평이 속으로 생각했다.

'하긴 모를 수도 있지!'

작가와 제작자는 자주 만날 일이 없다.

특히 영화가 개봉하고 난 후면 더욱 그렇다.

그래서 송태경이 서진우가 교통사고를 당해서 죽었다는 소식을 아직 접하지 못했다고 판단한 심대평이 다시 입을 뗐다.

"송 작가는 아직 모르나 보네."

"네? 제가 뭘 몰라요?"

"서진우 대표가 교통사고를 당했다는 소식 말이야."

"그게… 사실인가요?"

심대평이 넌지시 교통사고를 언급하자, 송태경은 깜짝 놀란 표정을 지었다.

"그래. 나도 이틀 전에 소식을 들었어."

"잠시만요."

송태경이 바로 휴대전화를 꺼내서 누군가에게 통화를 시도했다.

"어디 전화하는 거야?"

심대평이 묻자, 송태경이 대답했다.

"유니버스 필름 이현주 대표님에게 전화하고 있어요. 이현주 대표님이라면 서진우 대표님 소식을 아실 것 같아서요."

심대평이 송태경과 이현주 대표의 통화에 귀를 기울였다.

"네, 대표님. 저 송태경입니다. 여쭤볼 게 있어서 연락드렸어요. 혹시 서진우 대표님이 최근에 교통사고를 당한 적이 있나요? 정말요? 그런데 왜 난 몰랐죠? 네, 지금 서진우 대표님 상태는요? 아! 일단 알겠습니다. 네? 네. 다시 연락드릴게요."

그리고 송태경이 이현주 대표와 통화를 마친 순간, 심대평이 호기심을 이기지 못하고 질문했다.

"어때? 내 말이 사실이지?"

"네, 서 대표님이 며칠 전에 교통사고를 당한 게 맞다고 하네요."

"지금 상태는 어떻대?"

"그게……."

"죽었대?"

'분명히 죽었을 거야!'

사건 발생 당시, 심대평은 바로 현장을 떠나지 않았다.

덤프트럭과 충돌한 서진우의 차량이 가드레일을 뚫고 나가서 비탈길 아래로 굴러떨어졌고, 폭발하는 것까지 두 눈으로 똑똑히 확인했다.

그러니 서진우는 절대 살아남지 못했으리라.

지금 송태경을 만나서 질문하는 것도 마지막 확인 절차에 불과했다.

"괜찮으시다는데요."

그렇지만 송태경에게서 돌아온 대답은 심대평의 기대와는 달랐다.

"방금… 뭐라고 했어?"

"서진우 대표님, 며칠 전에 교통사고를 당하기는 했는데 상태가 그리 심각하지는 않다고 하세요. 이현주 대표님이 어제도 만나셨다고 하시는데요?"

"무슨 말도 안 되는 소리를……."

심대평이 당황해서 언성을 높이다가 도중에 입을 다물었다.

딸랑.

커피 전문점 안으로 들어오는 서진우를 발견했기 때문이었다.

"너… 네가 어떻게……?"

당연히 서진우가 교통사고 현장에서 죽었을 거라고 확신하고 있었기에 멀쩡히 살아 있는 그를 발견한 순간 심대평의 머릿속이 아득해졌다.

'내가… 지금 헛것을 보는 건가?'

오죽했으면 헛것을 보고 있는 게 아닌가 하는 생각마저 했고.

그때였다.

"왜 그렇게 놀라시는 겁니까?"

서진우가 질문했다.

"내가 예고 없이 등장해서 놀란 겁니까? 아니면, 죽었다고 생각했던 내가 아직 살아 있어서 놀란 겁니까?"

'둘 다야!'

심대평이 마른침을 꿀꺽 삼키며 속으로 대답했을 때, 서진우가 다시 입을 뗐다.

"아무래도 후자 쪽인 것 같네요."

"……"

"지금 상황이 잘 이해가 안 가죠?"

서진우의 질문에 심대평이 부지불식간에 고개를 끄덕였다.

죽었다고 확신했던 서진우가 살아 있는 것, 아니, 살아 있을 뿐만 아니라 멀쩡하게 두 발로 걸어서 자신의 앞에 나타나 있는 지금 상황이 심대평은 도무지 이해가 가지 않았다.

그때 서진우가 웃으며 말했다.

"충분히 이해합니다."

'이해한다니?'

서진우가 방금 꺼낸 말이 이해가 가지 않아서 심대평이 두 눈을 치켜떴을 때, 그가 웃으며 덧붙였다.

"나도 비슷한 경험을 한 적이 있거든요."

"나는 처음부터 한정우를 '뷰티풀 마이 라이프'란 작품에 캐스팅할 생각이 없었네. 왜냐면 한정우가 구설수에 휘말릴 것을 알고 있었거든. 그래서 바로 한정우에게 영화사 월광을 추천했네. 천재 제작자? 미다스의 손? 흥행의 신? 날 칭송하는 표현들이지. 그런데 평화 필름에서 제작한 작품들이 계속 흥행에 성공할 수 있었던 진짜 이유는 따로 있네. 그 이유가 무엇인지 서 대표는 궁금하지 않나?"

호스피스 병동에서 서서히 죽어 가고 있던 내게 예고 없이 찾아왔던 심대평이 불쑥 꺼냈던 이야기.

당시 나는 그가 하는 이야기들을 제대로 알아들을 수 없었다.

"내가 회귀자이기 때문이네."

심지어 그게 가능했던 이유로 심대평이 꺼냈던 말조차 납득이 안 갔었다.

그러나 지금은 다르다.

'이상하네.'

당시와는 상황이 백팔십도 달라져 있는 지금, 기분이 묘하다.

"나도 당신과 같은 회귀자거든. 그것도 변종 회귀자라서 일반 회귀자인 당신은 날 절대로 이길 수 없어."

이렇게 심대평에게 쏘아붙이고 싶은 마음이 굴뚝같다.

그러나 꾹 참는다.

난 변종 회귀자이기 때문이다.

만약 내가 회귀자임을 고백하면, 심대평은 또 다른 변종 회귀자가 될 테니까.

그럼 복수를 완성할 수 없다는 것을 잘 알고 있는데, 순간의 충동을 참지 못할 정도로 내가 멍청하지는 않다.

"송 작가님."

"네?"

"잠시 자리 좀 비켜 주세요. 심대평 대표와 따로 나눌 이야기가 있어서요."

"알겠습니다."

송태경에게 양해를 구한 후, 심대평과 둘만 남겨진 순간 내가 먼저 입을 열었다.

"상대를 잘못 골랐습니다."

"상대를 잘못 골랐다는 게, 무슨 뜻이지?"

"이길 수 없는 상대를 골랐다는 뜻입니다."

"……"

"그리고… 방법도 잘못됐습니다. 만약 내가 당신의 입장이었다면 정면 대결을 피했을 겁니다."

"정면 대결을 피했을 거라니?"

"흥행하는 영화는 많습니다. 굳이 같은 작품을 선택하지 않았을 거란 뜻이죠."

심대평은 바보가 아니다.

그 역시 내가 회귀자라는 것을 확신하고 있는 상황.

그리고 마침내 내게 질문을 던진다.

"너, 회귀자지?"

"회귀자요?"

"그래."

"헛소리를 하시는 걸 보니 충격이 크긴 크셨나 보네요."

"회귀자가 맞잖아?"

"글쎄요."

"……?"

"판단은 당신이 하세요."

"그래서 회귀자가 맞다는 거야? 아니라는 거야?"

"앞으로 생각할 시간이 많을 테니까 천천히 고민해 보세요."

"……?"

"죗값은 치러야죠."

내가 천천히 자리에서 일어서며 덧붙였다.

"당신이 졌습니다."

"아직… 아직 안 끝났어."

심대평이 상처 입은 맹수처럼 으르렁거리며 소리친다.

그는 미래를 알고 있는 회귀자.

'비록 지금은 궁지에 몰려 있는 상황이지만, 아직 상황을 반전시킬 기회는 얼마든지 남아 있다.'

이렇게 판단하고 있으리라.

그러나 착각일 뿐이다.

교통사고로 가장해서 날 죽이려 했던 시도.

심대평이 범한 최악의 실수다.

"아무도 몰라."

"뭘 모른다는 거지? 네가 회귀자라는 것을 모른다는 뜻이야? 내가 알아. 내가 알고 있으니까……."

"교통사고 말이야."

"……?"

"송태경 작가도, 이현주 대표도 몰라. 내가 안 알렸거든. 그런데 당신은 내가 교통사고를 당했다는 것을 알고 있었지. 당신이 교통사고를 유발했던 장본인이니까."

뒤늦게 자신의 실수를 깨달은 걸까.

심대평의 낯빛이 창백하게 질린다.

"무슨 헛소리를 지껄이는 거야? 증거 있어?"

그러나 예상대로 쉽게 인정하지는 않는다.

"봤어."

내가 대답하자, 심대평이 다시 묻는다.

"뭘 봤다는 거야?"

"사건 현장에서 내가 당신을 봤어. 그리고… 당신의 얼굴을 본 사람이 한 명 더 있어. 덤프트럭 기사가 당신의 얼굴을 기억하더라고."

심대평의 낯빛이 더욱 창백해진다.

"내가 서부지검 차장 검사님과 아주 친해. 그분이 내가 교통사고로 죽을 뻔한 걸 알고 난 후에 화가 많이 나셨어. 그러니까 아주 오랫동안 죗값을 치러야 할 거야. 그리고 당신이 죗값을 모두 치르고 나올 때쯤에는… 난 당신이 감히 상대해볼 엄두도 나지 않을 정도로 성공해 있을 거야."

회귀자의 가장 큰 무기는 미래 지식이라는 고급 정보다.

그러나 심대평은 이제 고급 정보를 사용할 기회를 잃어버렸다.

이것이 내가 아까 심대평이 최악의 실수를 범했다고 말한 이유다.

그 사실을 깨달아서일까.

심대평의 표정이 와락 일그러진 순간, 내가 판사처럼 선고를 내렸다.

"게임 오버!"

그 선고를 끝으로 내가 걸음을 옮겼다.

딸랑.

그리고 커피 전문점 문을 열고 조동재 검사가 들어왔다.

"이제 다 끝났나?"

"네, 할 이야기는 모두 마쳤습니다."

"그럼 이제 내 차례로군."

이청솔 차장 검사의 특별 지시를 받아서 사건 수사를 지휘하는 조동재가 씩 웃었다.

"선배님."

"선배?"

"한국대학교 법학과 졸업하셨으니까 선배님이죠."

"뭐, 그런 셈이긴 하군. 그래, 잘난 후배님, 내게 따로 부탁하고 싶은 게 있나?"

"법대로 처리해 주십시오."

"후배님 부탁이니까 특별히 더 신경 쓰지."

툭툭.

조동재가 내 어깨를 가볍게 두드린 후 심대평에게 다가갔다.

"심대평 씨, 본인 맞으시죠?"

"누구……?"

"아, 나 서부지검 검사예요. 평검사 조동재."

"검사가 무슨 일로……?"

"당신 이제 좆 됐다는 것 알려 주려고 특별히 찾아왔죠."

심대평과 조동재 사이에 오가는 살가운(?) 대화를 듣던 나는 커피 전문점 문을 열고 밖으로 나갔다.

　　　　　＊　　　　　＊　　　　　＊

"인생, 참 몰라."

포장마차로 들어온 내가 혼잣말을 꺼냈다.

지난 생에 이어 이번 생에도 심대평은 날 죽이려 했다.

그 사실을 깨닫고 난 후, 진심으로 분노했다.

그러나 분노가 가라앉고 나자, 오히려 그에게 고마움을 느꼈다.

경문철.

그와 나의 인연이 시작된 곳은 호스피스 병동이었다.

당시 그는 자신을 '포로로의 아버지'라고 주장했다. 그리고 서가북스의 창립 작품으로 내가 염두에 두고 있었던 작품이 바로 '포로로 월드'였다.

다만 그를 찾을 방법이 요원했었는데.

심대평이 날 제거할 의도로 교통사고를 유발했던 탓에 난 부상을 입고 병원 신세를 졌다. 그런데 그 병원에서 우연히 경문철과 다시 만나게 됐으니 운명의 실타래는 어디로 어떻게 연결될지 모르겠다는 생각이 든 것이다.

쪼르륵.

내가 소주병을 들어 빈 잔을 채울 때, 포장마차 휘장을 걷고 경문철이 들어섰다.

"서진우 씨!"

"오셨습니까?"

지난 생의 인연 덕분일까.

난 경문철을 재회한 것이 무척 반갑다.

하지만 경문철은 날 반가워하지 않는다.

오히려 내게 경계 섞인 시선을 던진다.

'회귀자가 아니니까.'

회귀자가 아닌 경문철은 호스피스 병동에서 날 만났던 것을 알지 못한다.

그러니 처음 만난 자리에서 불쑥 계약 제의를 했던 내게 경계심을 갖는 것이 어쩌면 당연한 일이다.

"식사는 하셨습니까?"

"아직… 입니다."

"뜨끈한 우동 한 그릇 드시죠. 여기 우동이랑 소주잔 하나만 더 갖다 주세요."

난 이미 계약 제의를 한 상황.

이제 경문철의 대답을 기다려야 하는 상황이다.

"저기……."

"편하게 말씀하십시오."

"우선… 계약 조건부터 들어 볼 수 있을까요?"

경문철이 무척 어렵게 입을 뗀다.

그런 그를 향해 난 웃으며 고개를 끄덕였다.

"경문철 작가님, 그건 당연한 겁니다."

"네?"

"계약 조건에 대해서 질문하는 것, 작가의 당연한 권리입니다. 그렇게 어려워하실 이유가 없습니다."

'다르네!'

호스피스 병동에서 만났던 경문철과 지금 만나고 있는 경문철은 여러모로 달랐다.

당시의 경문철은 성격이 시원시원하고 호탕했는데, 지금의 경문철은 잔뜩 주눅이 들어 있었다. 그리고 이것이 그가 대히트작이었던 포로로의 아버지임에도 불구하고, 후회만 남은 초라한 말년을 보냈던 이유라는 생각이 들었다.

"경 작가님, 계약 조건에 대해서 말씀드리기 전에 한 가지만 질문드려도 될까요?"

"물어보시죠."

"혹시 다른 출판사에서 계약 제안을 받았습니까?"

"그게……."

"편하게 말씀해 보시죠."

"계약 제안을 받은 것은 아닙니다. 제가 먼저 찾아가서 접촉했더니, 캐릭터를 팔지 않겠느냐는 제안은 받았습니다."

"어디서 그 제안을 받았습니까?"

"디콘 기획입니다."

"판매 조건은요?"

"일시불로 오백만 원을 받기로 했습니다."

"벌써 계약을 체결하신 겁니까?"

"아직입니다."

'다행이다!'

내가 속으로 안도하며 경문철에게 다시 물었다.

"일시불로 오백만 원을 지급하는 조건이라면… 디콘 기획 측에서는 매절 계약을 제안한 건가요?"

"그렇습니다."

"그게… 바보 같은 계약이라는 건 알고 계십니까?"

난 단도직입적으로 말했다.

'포로로 월드'는 훗날 큰 성공을 거두지만, 정작 작가는 돈을 벌지 못한다

디콘 기획과 아이 컨택 엔터테인먼트.

두 회사만 '포로로 월드'를 이용해서 큰 수익을 올렸다.

한마디로 재주는 곰이 넘고 돈은 왕서방이 벌어 가 셈이다

그리고 상황이 이렇게 된 것은 경문철이 처음 계약을 맺을 때 실수했기 때문이었다.

일시불로 돈을 받고 모든 권리를 회사에 넘겨 버리는 매절 계약을 했던 탓에 경문철은 '포로로 월드'라는 엄청난 히트작을 창조한 장본인임에도 불구하고 아무 수익도 거두지 못했다.

난 그 점이 무척 안타까웠고.

그런데 지금 당시에 경문철이 범했던 실수를 바로잡아 줄 수 있는 기회가 찾아와 있었다.

"바보 같은 계약이라는 것, 알고 있습니다."

그때, 경문철이 대답했다.

"그런데 왜 디콘 기획 측과 매절 계약을 하려는 겁니까?"

"딸아이 때문에… 돈이 급합니다."

"그래도 바보 같은 계약입니다."

"……?"

"오백만 원으로는 따님이 수술을 받을 수 없으니까요."

경문철은 지금 한 푼이 아쉬운 상황이리라.

그래서 오백만 원을 받고 매절 계약을 체결하려는 것이고.

하지만 이 선택은 결과적으로 악수가 된다.

경수민은 물론이고, 경문철도 잘못된 선택으로 인해 죽음을 맞이하니까.

"계약금으로 이천만 원을 드리겠습니다."

내가 계약금으로 이천만 원을 제시한 순간, 경문철이 황당한 표정을 지었다.

"방금… 얼마라고 했습니까?"

"이천만 원이라고 했습니다."

"지금 사람 갖고 장난하시는 겁니까?"

경문철은 내 말을 순순히 믿지 않았다. 그래서 기뻐하는 대신 오히려 역정을 냈다.

"저는 장난한 적이 없습니다."

"하지만……."

"이천만 원, 누군가에게는 큰돈이지만, 누군가에게는 푼돈입니다. 돈의 가치가 상대적이란 뜻이죠. 그리고 저는 경문철 작가님께 이천만 원을 투자하려고 합니다."

"서진우 씨, 혹시… 돈이 많습니까?"

"아니요."

"그런데……."

"대신 돈이 많은 사람을 알고 있습니다. 그 사람에게 빌려서라도 경문철 작가님에게 계약금 이천만 원을 드릴 겁니다. 그리고 이천만 원이면 따님의 수술비와 병원비, 재활 치료비까지 충분할 겁니다."

내가 농담을 하는 게 아님을 알게 됐기 때문일까.

경문철의 표정이 진지하게 변했다.

"진짜… 계약금으로 이천만 원을 주실 겁니까?"

"네."

"왜… 그러시는 겁니까?"

"좋아하거든요."

"제가 그린 캐릭터를 좋아하신다는 겁니까?"

"아니요, 저는 사람을 좋아합니다."

"그럼 절 좋아하신다는 겁니까?"

내가 고개를 흔들며 대답했다.

"제가 애들을 좋아합니다."

＊　　　＊　　　＊

서가북스 사무실.

긴급회의를 소집한 내가 포로로 캐릭터가 그려진 종이를
각자에게 건넸다.

"자, 한번 보시죠."

아버지와 황만규 팀장, 그리고 한미선 작가가 포로로 캐릭
터를 살피는 사이, 내가 질문했다.

"비슷하죠?"

"뭐가 비슷하냐고 질문하신 겁니까?"

"전에 내가 그렸던 펭귄과 포로로 캐릭터가 비슷하지 않습
니까?"

"하나도 안 비슷한데요."

황만규 팀장이 정색한 채 대답했다.

'이 사람이 전 회사에서 잘린 데는 이유가 있구나.'

Chapter. 2

　하나도 안 비슷하다는 대답을 들은 내가 떠올린 생각은 지금껏 곁에서 지켜본 황만규 팀장의 작품을 보는 안목이 탁월한 편이라는 것이었다.

　그렇지만 눈치가 없었다.

　비록 서가북스 내에서 공식 직함은 없지만, 난 사장 아들이란 비공식 직함을 갖고 있었다.

　출판사에 거의 나오지 않는 한미선 작가도 내가 서가북스의 실세임을 알고 있는데, 황만규는 매일 출근하면서도 그 사실을 몰랐다.

　그래서 서가북스 실세인 내 의견에 반대 의사를 피력하기 일쑤였고.

'뭐, 별로 안 비슷한 게 사실이니까.'

난 회귀자라서 포로로를 기억하고 있다.

그러나 내가 그렸던 포로로와 경문철이 그린 포로로는 달랐다.

—디테일의 차이가 명품을 결정한다.

어느 카피 문구처럼 디테일에서 차이가 큰 편이었다.

"제가 그렸던 펭귄보다는 낫다는 뜻이죠?"

"네. 적어도 펭귄인 것은 알아볼 수 있으니까요."

황만규 팀장은 이번에도 지체 없이 대답했다.

그런 그를 슬쩍 노려본 후, 내가 계약서 사본을 꺼냈다.

"오늘 긴급회의를 소집한 이유는 계약 사안 때문입니다."

내가 탁자 위에 올려놓은 계약서를 살피던 황만규가 손을 번쩍 들었다.

"왜요?"

"오타가 있는 것 같습니다."

"오타요?"

"네, 여기 0의 개수가 잘못된 것 같습니다."

황만규는 계약금이 적혀 있는 곳을 손으로 가리키며 지적했다.

"오타 아닙니다."

"네?"

"오타가 아니라고요."

그리고 내가 오타가 아니라고 확인해 주자, 황만규는 당황한 기색이 역력했다.

"그럼 계약금이 이백만 원이 아니라 이천만 원이란 겁니까?"

"네, 맞습니다."

"그러니까… 이 요상하게 생긴 펭귄 캐릭터를 이천만 원이나 주고 구입할 거란 말입니까?"

"네."

"왜요? 별 차이도 없는데?"

황만규가 도저히 이해가 안 간다는 표정으로 질문했다.

"아까는 차이가 크다고 말씀하셨지 않습니까?"

"네?"

"전에 내가 그렸던 펭귄과 포로로 캐릭터가 하나도 안 비슷하다고 아까 지적하셨지 않습니까?"

내가 반문했지만, 황만규는 당황하지 않았다.

"다시 보니 비슷한 것 같습니다."

'뭐래?'

빠르게 태세 전환 하는 황만규에게 황당한 시선을 던질 때, 그가 덧붙였다.

"이 펭귄을 이천만 원씩이나 주고 사느니 그때 서진우 씨가 그렸던 펭귄을 베이스로 더 개발하시죠. 제가 알고 있는 실력 있는 일러스트레이터들에게 부탁하면 백만 원 안쪽에서 더 나은 결과물을 만들어 낼 수 있을 겁니다."

황만규가 대안을 제시했다.

'아주 틀린 이야기는 아냐!'

내 그림 실력은 형편없다.

하지만 난 회귀자라서 포로로 캐릭터를 정확히 기억하고 있다.

실력 있는 일러스트레이터를 고용해서 내 곁에 앉혀 두고 정확하게 지시를 내려 준다면 경문철이 그린 포로로 캐릭터 못지않은, 아니, 오히려 완성도 측면에서는 더 뛰어난 포로로 캐릭터가 탄생할 가능성이 높았다.

하지만 난 그렇게 할 생각이 없다.

'이건 경문철의 창작물이니까.'

경문철의 창작물인 포로로 캐릭터를 뺏는 것.

내 양심이 허락하지 않았다.

"황 팀장님."

"네."

"서가북스에서 근무하신 지 얼마나 되셨죠?"

"석 달 가까이 됐습니다."

"서가북스에 재취업하기 전에는 얼마나 쉬셨습니까?"

"대략… 이 년 정도 쉬었던 것 같습니다."

"꽤 오래 쉬셨네요."

"출판계가 워낙 어려워서……."

"그럼 잘 알고 계시겠네요."

"뭘 잘 안다는 말씀입니까?"

"서가북스에서 잘리고 나면 재취업이 어렵다는 것이요."

내 표정과 분위기가 심상치 않다는 것을 뒤늦게 알아챈 황만규가 흠칫하며 입을 다물었다.

그런 그를 노려보며 내가 정색한 채 말했다.

"이 캐릭터를 탄생시킨 경문철 작가는 무에서 유를 창조한 겁니다. 그리고 이 캐릭터를 탄생시키기 위해서 수없이 많은 불면의 밤을 지새우며 고민하며 머리를 쥐어짜 냈을 겁니다. 그런데 정당한 대가를 치르지 않고 경문철 작가의 창작품을 빼앗는 것이 과연 정당하다고 생각하십니까?"

"……."

"황 팀장님에게 실망이 아주 큽니다. 그리고 서가북스에서 계속 근무하시기에 적합한 인재가 아니라는 생각도 들고요."

"제 생각이 짧았던 것 같습니다."

황만규도 아주 눈치가 없지는 않았다.

자칫 잘못하면 실직할 위기에 처했다는 사실을 깨달은 그가 빠르게 실수를 인정했다. 그리고 위기를 모면하기 위해서 투철한 애사심을 발휘하기 시작했다.

"그렇지만 이 캐릭터를 구입하기 위해 이천만 원을 지출하는 것이 너무 과한 지출이라는 생각에는 변함이 없습니다."

"정말 그렇게 생각하십니까?"

"네, 제가 보기에는 캐릭터가 예쁜 것도 아니고 귀엽지도 않습니다. 이런 밋밋한 캐릭터를 아이들이 좋아할 리 없습니다."

"제 눈에는 귀여운데요."

"네?"

"아이들이 분명히 좋아할 겁니다."

"귀여워서요?"

"귀엽기도 하지만 캐릭터에 동질감을 느끼기 때문입니다."

"왜 동질감을 느낀다는 겁니까?"

"날개가 있어도 날지 못하니까요."

내 대답에도 황만규는 제대로 이해한 기색이 아니었다.

그런 그를 위해서 내가 부연했다.

"펭귄은 분명 날개가 있지만 하늘을 날지 못합니다. 어찌 보면 안타까운 사연이죠. 그리고 아이들도 마찬가지입니다. 분명 두 다리가 있지만, 제대로 걷지 못합니다. 그래서 동질감을 느낀다는 겁니다."

"그 이유 때문이라면 굳이 캐릭터가 펭귄일 이유가 있을까요? 오리나 닭도 날개가 있지만 날지 못하는 것은 마찬가지지 않습니까?"

"일리 있는 지적입니다. 그런데 펭귄 캐릭터가 매력적인 데는 몇 가지 이유가 더 있습니다."

"어떤 이유인가요?"

"우선 뒤뚱뒤뚱 걷는다는 점이 매력적이죠. 걸음마를 막 시작한 아이들의 입장에서 막 걸음마를 시작한 것처럼 뒤뚱뒤뚱 걷는 펭귄의 모습은 동질감을 느끼게 할 겁니다. 게다가 이등신인 것도 아이들의 체형과 비슷합니다. 이 점 역시 아이들에게는 동질감을 느끼게 만들 겁니다. 그리고 또 하나의 이유는 이 캐릭터를 바탕으로 제작하는 작품이 국내뿐만 아니라 세계 시장을 겨냥하고 있기 때문입니다. 아까 황 팀장님께서 말씀하신 대로 오리나 닭도 날개가 있지만 날지 못하는 것은 마찬가지입니다. 그런데 너무 흔합니다. 이미 여러 차례 다른 작품들의 주인공으로 등장했죠. 그래서 한 번도 작품의 주인공으로 등장한 적 없는 펭귄을 주인공으로 내세우려는 겁니다. 희소성이라고 표현하면 적당할까요? 그리고 펭귄의 서식지는 극지방입니다. 생소한 극지방의 모습은 아이들에게 낯설지만 꿈을 심어 줄 겁니다."

여전히 마뜩잖은 표정을 짓고 있는 황만규에게 내가 불쑥 질문했다.

"애 없으시죠?"

"네? 네."

"그래서 마음에 안 드시는 겁니다. 공감을 못 하는 거죠. 유아들이 주요 타겟층이니 유아들의 시선으로 바라보는 것이 중요합니다."

내가 말을 마친 순간, 계속 침묵하고 있던 아버지가 처음으로 입을 뗐다.

"진우야."

"네."

"애가 없는 건… 너도 마찬가지다."

아버지의 지적은 옳았다.

지난 생의 나도, 이번 생의 나도 아이는 낳은 적이 없었으니까.

하지만 내게는 조카가 있었다.

누나가 낳았던 아이는 무척 귀여웠고, 그래서 조카와 많은 시간을 보냈었다.

어쨌든 그 이야기를 아버지에게 할 수는 없었기에 내가 화제를 전환했다.

"아버지, 잠깐 따로 얘기 좀 하시죠."

"둘이서?"

"네."

"알았다. 잠시 자리 좀 비켜 주게."

아버지의 지시를 받은 황만규와 한미선이 사무실을 나갔다. 그리고 내가 아버지와 독대를 신청한 데는 이유가 있다.

계약금 이천만 원이 적혀 있는 계약서를 확인한 후, 아버지의 표정도 좋지 않다는 것을 확인해서였다.

"아버지."

"그래."

"황만규 팀장의 말이 맞습니다."

"응?"

"이 캐릭터를 이천만 원에 구입하는 것은 과한 지출입니다."

내가 솔직하게 인정하자, 아버지가 의아한 시선을 던졌다.

"그걸 알면서도 계약금을 이천만 원씩이나 책정한 것에는… 어떤 이유가 있겠지?"

그 질문을 들은 내가 울컥했다.

원래 말이란 게 '아' 다르고 '어' 다른 법이었다.

"그걸 알면서도 왜 계약금을 이천만 원씩이나 책정했느냐?"

아버지는 내게 이렇게 질책하듯 질문할 수도 있었다.

그렇지만 조금 전 아버지는 과한 지출이라는 것을 알면서도 계약금을 이천만 원으로 책정한 데에 어떤 이유가 있는 거냐고 질문하셨다.

그 질문 속에는 자식에 대한 강한 신뢰가 묻어났다.

그래서 내가 울컥한 것이었고.

"네, 이유가 있습니다."

"어떤 이유인지 들어 보자꾸나."

"경문철 작가의 딸이 많이 아픕니다."

"딸이 아프다고?"

"그런데 병원비가 없어서 수술을 못 받고 있습니다. 그래서 일단 경문철 작가의 딸을 살리는 것이 우선이란 생각이 들어서 과한 지출이라는 것을 알면서도 이천만 원을 책정한 겁니다."

내가 이유를 밝히자, 아버지의 표정이 밝아졌다.

"고맙다."

"뭐가요?"

"아비를 실망시키지 않아서."

"아직 끝이 아닙니다."

"다른 이유가 또 있다는 것이냐?"

"이 캐릭터를 활용해서 제작한 작품은 분명히 성공할 겁니다."

"자신이 있단 뜻이지?"

"네, 그럼 이제 회의를 계속해도 될까요?"

"그래."

아버지의 승낙을 받은 내가 사무실 밖에 나가서 대기하고 있던 황만규와 한미선을 다시 불렀다. 그리고 다시 회의가 시작되자마자 아버지가 선언했다.

"황 팀장, 진우가 작성한 계약서대로 계약을 진행하기로 했네."

"대표님, 하지만……."

"이미 얘기가 끝난 사안이네."

서가북스 대표가 이미 결정을 내린 상황.

황만규는 더 불만을 표하거나 의견을 내지 못했다.

그런 그를 응시하며 내가 말했다.

"지금부터 황 팀장님이 해 주셔야 할 일이 있습니다."

"무엇입니까?"

"첫 번째는 직원 채용입니다."

서가북스 사무실에 놓인 책상들은 대부분 비어 있었다.

이제 본격적으로 빈 책상들의 주인을 구해야 했다.

"가능하면 3세에서 5세 사이 아이가 있는 직원으로 채용했으면 합니다."

그리고 내가 직원 채용 시 원하는 점을 밝히자, 황만규가 난색을 표했다.

"하지만… 아이가 있는 직원의 경우 회사 업무에 소홀해질 가능성이 높습니다."

"저도 알고 있습니다."

아이가 아프거나, 아이에게 급한 일이 생길 경우, 부모는 바로 어린이집, 혹은 유치원으로 달려가야 한다. 그래서 회사 업무에 오롯이 집중하지 못한다는 점을 황만규는 우려하는 것이었고.

"장단점은 혼재한다고 생각합니다."

"……?"

"회사 업무에 오롯이 집중하지 못하는 것은 단점이지만, 우리 회사 작품들의 주요 타겟층인 아이를 키우는 부모들은 아이가 없는 우리들과는 바라보는 시선이 다를 겁니다. 다른 시선으로 바라보며 우리가 무심코 놓치고 지나갈 수도 있는 것들을 캐치 할 수 있다는 점은 큰 장점입니다. 그리고 저는 장점이 단점을 상쇄하고도 남는다고 판단합니다."

"…알겠습니다."

황만규가 마지못한 표정으로 대답한 순간, 내가 또 하나의 지시 사항을 내렸다.

"두 번째는 스토리 작가들을 충원하는 겁니다."

"스토리 작가요?"

두 번째 지시를 들은 황만규는 황당한 표정을 지었다.

대체 왜 이런 지시를 내리는지 이해가 가지 않는 기색이었다.

'당연한 반응이지.'

이때까지만 해도 스토리 작가와 그림 작가가 구분되지 않았다.

스토리 작가와 그림 작가가 협업을 하는 시스템이 구축된 것은 먼 훗날의 일.

생소하고 낯선 시스템이 황만규는 이해가 가지 않을 것이었다.

그러나 난 이미 새로운 시스템에 대해서 잘 알고 있기에, 또 새로운 시스템이 효과적이란 사실을 알기 때문에 일찌감치 도입하려는 것이다.

"스토리 작가들을 충원 후 그림 작가들과 협의해서 작품을 제작하는 시스템을 구축할 겁니다. 그 첫 작품이 바로 '포로로 월드'가 될 겁니다."

내가 향후 계획을 밝히자, 황만규가 의아한 표정을 지었다.

"포로로 월드요?"

'아차!'

난 회귀자라서 이 펭귄의 이름이 포로로라는 사실을 알고 있다.

하지만 다른 사람들은 아직 몰랐다.

그 점을 뒤늦게 알아챈 내가 서둘러 덧붙였다.

"보시다시피 포동포동한 이미지라서 포로로라고 이름을 붙여 봤습니다."

"포로로라… 입에 딱 달라붙는 게 괜찮은데요."

황만규가 처음으로 내 의견에 만족했다.

'아주 감각이 없지는 않네.'

내가 픽 웃은 후 이야기를 이어 나갔다.

"일단 만화책부터 출간할 겁니다. 그 후에는 TV 애니메이션으로 제작할 겁니다. 그리고 장기적으로는 극장판 애니메이션을 제작해서 세계 시장을 노크해 볼 예정입니다."

내가 계획을 밝힌 후 반응을 살폈다.

"너무 멀리 보는 게 아닐까?"

아버지는 걱정부터 했다.

'걱정하지 마세요.'

내가 속으로 대답했다.

방금 언급했던 계획은 이미 '포로로 월드'가 먼저 걸어갔던 길이라는 사실을 알고 있어서였다.

"어디까지나 계획입니다. 그리고 목표는 높게 잡아야죠."

내가 속내와는 다른 대답을 꺼낸 후 황만규를 바라보았다.

"TV 애니메이션으로 제작했을 때 과연 판로가 있을까요?"

그리고 황만규는 만화 분야에 오랫동안 종사한 경력자답게 '포로로 월드'를 TV 애니메이션으로 제작했을 때 판로를 걱정했다.

'지금은 수요가 없으니까.'

현재 극장판 애니메이션은 물론이고, TV 애니메이션 제작도 거의 이뤄지지 않는 이유는 크게 두 가지.

우선 수익이 거의 나지 않았고, 수요도 없어서였다.

하지만 난 곧 새로운 주요 판로가 생긴다는 사실을 이미 알고 있다.

'교육 방송 개국!'

머잖아 교육 방송이 개국하고 나면, 유아들을 주요 타겟층으로 하는 TV 애니메이션에 대한 수요가 늘어난다.

그래서 내가 새로운 판로의 등장에 대해서 알려 주었다.

"정부 주도로 새로운 방송국이 곧 개국할 겁니다."

"그게 사실입니까?"

"네."

"그 정보는 어떻게 입수하신 겁니까?"

'회귀자라서!'

정보를 입수한 게 아니다.

회귀자라서 교육 방송이 머잖아 개국한다는 사실을 알고 있는 것뿐이다.

하지만 그렇게 대답할 수는 없는 노릇이었기에 다른 대답을 꺼냈다.

"제가 알고 있는 고위 공무원이 알려 줬습니다."

"고위 공무원이요? 누굽니까?"

현재 내가 알고 있는 고위직 공무원은 딱 한 명뿐이다.

재정국 차관 장정우.

그래서 퍼뜩 그의 얼굴이 떠오른 순간, 내 입가로 희미한 미소가 번졌다.

'지금쯤 많이 당황했겠네.'

장정우는 처남인 유민수에게 지시해서 두정식품에 투자 제안을 했다. 그리고 두정식품 대표인 윤원종이 절대 그 투자 제안을 거절하지 못할 거라고 확신했을 것이었다.

하지만 그가 가졌던 확신은 빗나갔다.

내가 두정식품에 70억을 투자했기 때문이다.

그로 인해 계획이 어긋나 버린 장정우가 지금쯤 무척 당황하고 있을 거란 생각을 하며 내가 대답했다.

"그건 알려 드릴 수 없습니다. 그리고 중요한 것은 누가 알려 줬는가가 아니라 머잖아 교육 방송이 개국한다는 사실이죠. 우리가 할 일은 이미 알고 있는 고급 정보를 최대한 이용하는 겁니다."

내 말이 맞다고 판단한 걸까.

아버지와 황만규가 동시에 고개를 끄덕였다.

그 모습을 지켜보던 내가 퍼뜩 떠올린 것은 박나희 작가였다.

'비운의 명작!'

'안개 과자'는 박나희 작가의 작품.

비록 '뽀로로 월드'만큼은 아니었지만. '안개 과자' 역시 유아들에게 많은 인기를 얻은 작품이었다.

그럼에도 불구하고 내가 '안개 과자'를 비운의 명작이라고 표현한 이유는 박나희 작가가 매절 계약의 피해자였기 때문이었다.

'아까운 재능!'

잠시 후 내가 아쉬운 표정을 지었다.

경문철과 박나희.

두 작가는 공통점이 많았다.

우선 작가로서 재능이 있었다.

'포로로 월드'와 '안개 과자'.

대중적으로 큰 성공을 거둔 작품을 창조했다는 것이 그들이 작가로서의 재능이 있다는 증거였다.

하지만 그들은 작가로서 성공하지 못했다.

매절 계약을 맺은 탓에 작품은 성공했지만 작가는 수익을 올리지 못한 것이었다.

물론 박나희 작가는 억울함과 부당함을 토로하며 끝까지 맞서 싸웠다.

그러나 법은 박나희 작가의 손을 들어주지 않았다.

결국 대법원까지 간 소송 끝에, 박나희 작가는 패소했다.

'만약 소송에 힘을 빼지 않고 작품 활동에 계속 매진했다면?'

작가로서 재능이 뛰어난 박나희는 '안개 과자'를 넘어서는 더 뛰어난 작품을 창조했을 가능성도 충분했다.

'내가 돕는다면… 박나희 작가는 또 다른 역작을 만들어 낼 수도 있지 않을까?'

거기까지 생각이 미친 순간, 내 입가로 미소가 번졌다.

서가북스가 나아가야 할 방향성을 찾았다는 생각이 들어서였다.

*   *   *

한국대학교 병원.

내가 경문철과 다시 만난 장소였다.

딸 경수민의 손을 꼭 잡은 채 병원 로비로 들어오는 경문철의 앞으로 내가 다가갔다.

"오셨습니까? 수민이도 안녕?"

"안녕하세요?"

"서진우 씨, 왜 여기서 만나자고 한 겁니까?"

날 발견한 경문철은 질문부터 던졌다.

"제가 좀 알아봤더니 이 병원에서 근무하시는 공정일 선생님이 소아암 분야에서는 국내 최고 권위자라고 하더군요."

"네, 맞습니다. 공정일 선생님이 소아암 분야에서는 국내 최고 권위자입니다."

내 예상대로 경문철은 한국대학교 병원 의사인 공정일이 소아암 분야에서 국내 최고 권위자라는 사실을 알고 있었다.

"그래서 이곳에서 만나자고 했습니다."

"네?"

"일단 병원부터 옮기시죠."

난 의사가 아니라 경수민의 수술을 직접 집도해서 낫게 해 주는 것은 불가능했다. 그래서 내가 할 수 있는 일을 찾았다.

"저와 친분 있는 선배님에게 수민이의 수술을 공정일 선생님이 집도할 수 있게 해 달라고 부탁을 드렸습니다."

내가 부탁한 선배는 밸류에셋 대표인 채동욱.

그는 흔쾌히 내 부탁을 들어주었다.

"그래서 일단 한국대학교 병원에 입원하는 것이 맞는 것 같습니다."

"정말… 공정일 선생님이 우리 수민이의 수술을 집도해 주시는 겁니까?"

"네."

"아! 감사합니다. 정말 감사합니다."

경문철이 내 손을 덥석 움켜잡고는 연신 구십 도로 고개를 숙이며 인사했다.

"이러지 마세요. 당연히 해야 할 일을 한 것뿐이니까요."

내가 손사래를 치며 멋쩍어하자, 경문철이 의아한 시선을 던졌다.

"왜 당연히 해야 할 일이라고 말씀하시는 겁니까?"

"서가북스와 계약한 작가님의 가족이니까요."

"하지만……."

"경 작가님은 앞으로 좋은 작품만 만들어 주시면 됩니다."

"최선을 다하겠습니다."

경문철이 각오를 밝혔다.

그런 그를 향해 고개를 끄덕이던 내가 경수민을 가만히 바라보았다.

"왜 그렇게 보세요?"

내 시선을 느낀 경수민이 물었다.

"그냥 신기해서."

"제가 신기하게 생겼어요?"

"아니, 수민이는 예쁘게 생겼지."

"그럼 뭐가 신기한데요?"

"음, 신기하다는 표현은 틀린 것 같다. 궁금하다는 표현이 더 맞는 것 같아. 앞으로 수민이가 어떤 삶을 살아가게 될지가 무척 궁금하거든."

그냥 해 본 말이 아니다.

만약 내가 회귀하지 않았다면?

또, 경문철을 다시 만나지 않았다면?

아마 경수민의 삶은 오래 이어지지 않았을 것이다.

그렇지만 내가 회귀한 덕분에, 그리고 적절한 시기에 경문철을 만난 덕분에 경수민의 운명은 바뀌었다.

원래라면 죽었어야 할 경수민이 살아나는 상황.

이 바뀐 운명으로 인해서 또 많은 것이 달라질 수도 있을 거란 생각이 든 것이다.

"가자."

"어딜요?"

"수민이가 한동안 머물러야 할 곳을 소개해 줄게."

채동욱은 영향력이 큰 사람이었다.

내 부탁을 듣고 공정일에게서 수술 집도를 받게 만들어 주었을 뿐만 아니라, 병실도 잡아 주었다.

잠시 후, 우리는 1인실 병실로 들어섰다.

"여기가 수민이가 한동안 지낼 곳이야."

"와, 좋다."

예전에 지냈던 6인실 병실과는 비교할 수 없을 정도로 넓고 쾌적한 병실을 확인한 경수민의 표정이 밝아졌다.

"경 작가님, 제가 지금 해 드릴 수 있는 것은 여기까지입니다."

"지금까지도 신세를 너무 많이 졌습니다."

"부담 가지실 필요 없습니다. 그리고 작품 활동은 나중에 천천히 시작하셔도 됩니다."

"하지만……."

"서가북스는 보기보다 자금력이 탄탄한 회사입니다. 쉽게 안 망합니다."

"알겠습니다. 그리고 다시 한번 감사드립니다."

재차 고개를 숙이는 경문철에게 내가 덧붙였다.

"다른 건 생각하지 마시고 일단은 수민이의 치료에만 집중하시죠."

＊　　　　＊　　　　＊

서부지검 근처 갈매기살 전문점.

조동재가 집게를 든 채 부지런히 고기를 굽는 서진우를 빤히 바라보았다.

"선배님, 드시죠."

잘 익은 고기 몇 점을 집게로 집어서 앞접시에 올려놓던 서진우가 빙긋 웃었다.

"왜 웃어?"

"앞으로 죄짓고 살면 안 되겠다는 생각이 들어서요."

"켕기는 거라도 있나 보지?"

"그럼 선배님과의 만남을 피했겠죠."

서진우가 꺼낸 대답을 들은 조동재가 콧방귀를 꼈다.

"허당이네."

"네?"

"차장 검사님이 하도 칭찬을 하셔서 똑똑한 줄 알았더니 헛똑똑이라고."

"무슨 말씀이신지……?"

"켕기는 게 많은 놈일수록 어떻게든 검사를 자주 만나려고 해."

"……?"

"검사만큼 좋은 구명줄이 없거든."

"아, 네."

"나중에 검사 생활 하게 되면 의도적으로 접근하는 놈들을 조심하라고 미리 알려 주는 거야."

"명심하겠습니다, 선배님."

"자, 한잔하자."

"네."

조동재가 술잔을 들어 입으로 가져가면서 서진우에게 새삼스러운 시선을 던졌다.

'속내를 감출 줄 안다?'

아까 일부러 속을 긁었다.

그런데 서진우는 자존심이 상한 기색을 드러내지 않았다.

이제 대학교 2학년인 서진우가 감정 컨트롤까지 능숙하게 한다는 것이 조동재를 감탄케 했다.

"그런데 아까 왜 죄짓고 살면 안 되겠다고 한 거야?"

"선배님 눈빛이 너무 매서워서요."

"응?"

"선배님께 취조받으면 짓지 않은 죄도 내가 저질렀다고 털어놓을 것 같거든요."

"그만 째려보라는 뜻이지?"

"제가 취조받는 용의자는 아니니까요."

서진우가 꺼낸 대답을 들은 조동재가 픽 하고 실소를 터뜨렸다.

* * *

'재밌네.'

차장 검사 이청솔은 칭찬에 무척 박한 편이었다.

그런 그가 유독 칭찬을 아끼지 않는 것이 바로 서진우였다.

그래서 서진우가 대체 어떻게 이청솔의 마음을 사로잡았을지가 궁금했는데.

조동재는 둘이서 따로 만나서 대화를 나누고 난 후, 이유를 짐작할 수 있었다.

'겸손해!'

서진우는 어린 나이에 아주 많은 것을 성취했다. 그럼에도 불구하고 언행에서 겸손함이 묻어났다.

'당당해!'

그렇다고 해서 자신을 대하는 태도가 비굴하지도 않았다.

'대체 무슨 생각을 하는 거지?'

조동재는 검사 생활을 하면서 수많은 범죄자들을 상대했다.

그러다 보니 눈빛과 표정만 봐도 범죄자들이 무슨 생각을 하는지 짐작이 가능했는데.

서진우는 달랐다.

그의 담담한 표정과 무심한 눈빛을 통해서는 생각을 읽을 수가 없었다.

그래서 서진우에게 새삼스러운 시선을 던지던 조동재가 운을 뗐다.

"참, 사건 처리 결과가 궁금하겠군. 심대평, 개털이던데?"

"무슨 뜻입니까?"

"알면서 모른 척하는 거야? 아니면, 진짜 모르는 거야? 심대평이란 놈, 돈이 없어. 그래서 변호사도 못 쓰더라고."

"혐의는 인정했습니까?"

"부인했지. 그런데 증거가 나왔어. 검정색 승합차 말이야. 심대평 삼촌 소유의 승합차더라고. 그리고 증거 인멸 하려고 카센터에 수리를 맡겼는데⋯ 수리가 끝나기 전에 찾았어. 그 사실을 알려 줬더니 혐의 인정했어."

"알겠습니다. 고생 많으셨습니다."

"뭐야? 이게 끝이야?"

"네?"

"널 죽이려 했던 놈이잖아. 그런데 형량이 얼마나 나올지 안 궁금해?"

"죄를 지은 만큼 벌을 받을 거라 생각합니다."

크게 분노하는 대신 담담하게 대꾸하는 서진우에게 조동재가 재차 새삼스러운 시선을 던지며 소주병을 들었다.

"이제 슬슬 본론으로 들어가자고."

그리고 자신의 앞에 놓인 잔을 채우며 조동재가 말하자, 서진우가 운을 뗐다.

"범죄 전문가이신 선배님의 도움을 받고 싶어서 자리를 만들었습니다."

"그것 때문이라면 군이 날 만날 필요가 있었나? 차장 검사님에게 도움을 청했어도 됐을 텐데?"

"차장 검사님은 이미 오래전에 현장을 떠나셨으니까요. 그래서 지금도 현장을 누비고 계신 선배님께 도움을 받고 싶은 겁니다."

"오케이, 말해 봐. 내가 뭘 도와주면 되지?"

"혹시 '끝까지 잡는다'라는 영화를 보셨습니까?"

"아, 그 영화. 김 수사관이랑 같이 봤지. 그런데 갑자기 영화 이야기는 왜 꺼내는… 어, 혹시 너 때문이야?"

"무슨 말씀이신지……?"

"나 영화 안 좋아해. 아니, 느긋하게 영화를 보고 앉아 있을 시간이 없다고 표현하는 게 더 정확하겠군. 그런데 어느 날 차장 검사님이 불러서 영화 티켓 두 장을 건네시더라고. 이 영화를 꼭 봐야 한다고 신신당부까지 하시면서 말이야. 이 양반이 갑자기 왜 이러는 건가 계속 궁금했는데. 그게 너 때문이었어?"

"네, 맞습니다."

"아주 고맙다."

"오랜만에 문화생활을 즐기게 해드릴 기회를 드려서요?"

"아니, 평생 잊지 못할 끔찍한 추억을 만들어 줘서."

"……?"

"기철이와 둘이서 영화를 볼 줄은 몰랐거든. 아, 기철이는 아까 내가 말한 김 수사관 이름이야. 나보다 한 살 적으니까 서른일곱이지. 노총각 둘이서 영화관에 나란히 앉아서 영화를 보는 것, 절대 즐거운 추억은 아니잖아?"

조동재가 한숨을 내쉬며 설명을 마치자, 서진우가 미안한 표정을 지었다.

"본의 아니게 끔찍한 추억을 만들어 드려서 죄송합니다."

"사후 약방문은 됐고."

조동재가 손사래를 친 후 덧붙였다.

"자, 그 영화 이야기를 꺼내는 이유나 밝혀."

"어떻게 보셨습니까?"

"'끝까지 잡는다'라는 영화?"

"네."

"끝까지 봤어."

"······?"

"내가 만성 피로에 시달려. 그래서 영화관에서 잠이나 보충하고 올 생각이었는데 끝까지 봤으니까 재밌었단 뜻이지."

서진우는 제대로 이해했는지 모르겠지만, 이 정도면 영화가 아주 흥미로웠다는 극찬이었다.

"감사합니다."

그때, 서진우가 감사 인사를 했다.

그 감사 인사를 들은 조동재가 당황했다.

"내가 '끝까지 잡는다'라는 영화를 재밌게 봤다는데 왜 네가 고마워하는 거야?"

"제가 그 영화를 만들었으니까요."

"응?"

"'끝까지 잡는다'의 제작자가 접니다."

"그게… 사실이야?"

"검사 선배님 앞에서 거짓말을 할 정도로 제 배짱이 두둑하지는 않습니다."

또 한 번 놀란 조동재가 소주잔을 비운 후 물었다.

"시나리오는? 시나리오도 네가 썼어?"

"그건 아닙니다. 시나리오는 송태경 작가가 썼습니다. 그렇지만 트리트먼트 단계까지는 저도 시나리오 작업에 참여했습니다."

"공동 작가쯤 된다는 뜻인가?"

"네."

"아주 기발했어."

그 대답을 들은 조동재가 서진우를 빤히 바라보며 입을 뗐다.

"한성 연쇄 살인 사건의 증거물을 과학 수사 기법이 더 발달한 미국으로 보내는 것, 아주 기발한 아이디어였다는 뜻이야. 그리고 중범죄자들의 DNA 데이터베이스를 구축할 필요가 있다는 주장도 아주 시의적절했고."

"좋게 봐주셔서 감사합니다."

"본 대로, 느낀 대로 말했을 뿐이야."

조동재가 덧붙인 순간, 서진우가 말했다.

"잡고 싶습니다."

다시 채운 소주잔을 들어서 입으로 가져가던 조동재가 흠칫하며 소주잔을 내려놓았다

"뭘 잡고 싶다는 거야?"

"한성 연쇄 살인 사건의 범인을 잡고 싶습니다."

"나도 잡고 싶다. 나도 그 새끼 잡아서 회를 떠 버리고 싶은 사람이야."

"그럼… 잡으시죠."

"잡을 방법이 없어."

조동재가 불가능하다고 알려 준 순간, 서진우가 고개를 가로저었다.

"방법은 이미 제시해 드렸습니다."

"언제……?"

언제 그 방법을 제시했느냐고 질문하려던 조동재가 도중에 입을 다물었다.

'끝까지 잡는다'라는 영화의 내용이 떠올랐기 때문이었다.

'기발한 아이디어이긴 했어!'

과학 수사 기법이 한국보다 훨씬 발전해 있는 미국으로 증거물을 보내서 DNA 증거를 확보하고, 중범죄자 DNA 데이터베이스를 구축해서 DNA 증거를 대조하는 것.

영화를 보던 조동재가 무릎을 탁 쳤을 정도로 기발한 방법

이었다.

그러나 문제는 미국에 공조를 요청해 한성 연쇄 살인 사건의 증거물을 보낸다고 하더라도 DNA 증거를 확보할 수 있는지 여부가 불확실했고, 설령 범인의 DNA 증거를 확보하는 데 성공했다고 하더라도 여전히 범인을 특정하는 것이 불가능했다.

아직 대한민국은 중범죄자 DNA 데이터베이스가 구축되어 있지 않은 상황이라 대조가 불가능해서였다.

"영화는… 영화일 뿐이야."

그래서 조동재가 말했지만, 서진우는 포기하지 않았다.

"저는 범인이 실수를 할 수도 있다고 생각합니다."

"무슨 실수?"

"범인도 '끝까지 잡는다'라는 영화를 볼 수 있다고 생각합니다. 아니, 한성 연쇄 살인 사건을 모티브로 했다는 사실이 널리 알려지기 시작한 상황이니까 호기심에서라도 영화관을 찾아갈 가능성이 높다고 생각합니다. 그리고 영화를 보고 난 후에 범인이 당황한다면, 어떤 실수를 범할 수도 있지 않을까 하는 기대를 갖고 있습니다. 그리고 범인이 실수를 한다면 잡을 수 있지 않을까요?"

서진우가 제시한 의견을 들은 조동재가 질문했다.

"처음부터 이럴 의도로 '끝까지 잡는다'라는 영화를 만들었던 거야?"

"그건 아닙니다. 이 영화를 제작한 이유는… 지금보다 더 나은 시스템을 구축할 필요가 있다는 것을 알리기 위함이었습니다."

"더 나은 시스템?"

"과학 수사 기법이 더 발전하고, 늦지 않게 중범죄자 DNA 데이터베이스를 구축할 수 있다면 범인 검거율이 상승할 겁니다."

'틀린 말은 아냐.'

조동재가 속으로 생각했다.

서진우가 '끝까지 잡는다'라는 영화를 통해서 제시한 방식대로 시스템이 구축되기만 한다면?

범인 검거율은 상승하고, 미제 사건과 억울한 피해자들도 줄어들 것이었다.

그렇지만 조동재는 이게 다가 아닐 거란 생각이 자꾸 들었다.

'서진우는… 한성 연쇄 살인 사건의 진범을 잡을 목적으로 '끝까지 잡는다'라는 영화를 제작한 게 아닐까?'

조동재가 이런 의심을 떨치지 못한 채 입을 뗐다.

"이제 하고 싶은 이야기는 다 한 거야?"

"네."

"그럼 이제 수사 전문가로서 내 의견을 말해도 될까?"

"경청하겠습니다."

"설령 잘난 후배의 바람대로 '끝까지 잡는다'라는 영화를 봤다고 해도… 한성 연쇄 살인 사건의 진범은 실수하지 않아."

"왜… 입니까?"

조동재가 확신에 찬 목소리로 대답했다.

"사이코패스니까."

*   *   *

끼이익.

극장 상영관 가장 뒷좌석 구석에 앉은 변춘제가 반건조 오징어를 입속에 밀어 넣었다.

질경질경.

오징어를 씹고 있는 사이 상영관의 불이 꺼지고 영화가 시작됐다.

"흐읍!"

무심한 눈길로 영화를 바라보던 변춘제의 귓속으로 옆 좌석에 앉아 있는 여자가 헛숨을 들이켜는 소리가 들려왔다.

영화 속에서 범인에게 살해된 피해자의 모습을 보고 놀란 젊은 여성은 손으로 입을 가리고 있었다.

'예쁘네.'

여자가 입을 가리기 위해서 들어 올린 하얀 손은 가늘고 길었다.

그 손이 무척 마음에 들었다.

그리고 아까 헛숨을 들이켤 때 목소리도 섹시했고.

'예쁜 목소리로 내게 살려 달라고 애원하겠지. 그리고 목을 조르면 하얗고 예쁜 손으로 내 팔을 움켜쥐겠지.'

상상만으로도 짜릿한 흥분이 밀려들었다.

그사이 영화가 끝이 났다.

"저런 개새끼는 찢어 죽여야 하는데."

"너무 무서워."

"경찰은 뭐 하는 거야? 저 개새끼 아직도 못 잡고."

"저 새끼가 범인 맞지?"

"진심 쳐 죽이고 싶다."

영화가 끝이 난 후, 객석 곳곳에서 분노한 목소리가 흘러나왔다. 그러나 변춘제는 그 목소리들이 들리지 않았다.

옆자리에 앉아 있던 손이 아주 예쁜 여자에게 모든 신경이 쏠려 있어서였다.

스윽.

혼자 영화를 본 여자가 일어났다.

그 모습을 확인한 변춘제도 자리에서 일어났다.

아주 잠시 시선이 마주쳤다.

'웃었다!'

시선이 마주친 순간, 여자가 웃었다.

마치 유혹이라도 하듯이.

짜릿한 흥분과 함께 주체하기 힘든 욕정이 강하게 밀려들었다.

살의를 품은 변춘제가 여자의 뒤로 따라붙었다.

인적이 드문 곳으로 향하길 원했는데.

여자가 걸어가는 방향은 도심 쪽이었다.

"동미야!"

"오빠."

잠시 후 빵집 앞에서 기다리던 남자와 여자가 반갑게 인사했다. 그리고 손을 잡은 채 빵집 안으로 들어갔다.

딸깍.

변춘제가 빵집 앞에서 담배를 꺼내 물고 불을 붙였다.

후우.

담배 연기를 내뿜으며 빵집 안에서 남자와 대화하는 여자를 관찰하기 시작했다. 그리고 여자를 관찰하는 시간이 길어질수록, 변춘제의 마음속을 채우고 있던 살인 욕구는 점점 더 강하게 끓어올랐다.

*　　　　*　　　　*

"내가… 잘못 생각했다."

지난 생의 난 영화 제작자였다.

자연스레 미스터리 스릴러 장르의 영화들을 많이 접했다.

그래서 범인이 자신을 추적하는 소재의 영화를 보게 되면 크게 당황하면서 실수를 범할 것이라고 확신했다.

"영화는… 영화일 뿐이야."

그렇지만 조동재의 의견은 달랐다.

"사이코패스는 일반인들과는 생각하는 것 자체가 달라. 사고 체계 자체가 전혀 다른 생물체라고 표현하면 적절할까? 그리고 내 짐작 대로 한성 연쇄 살인 사건의 진범이 사이코패스라면 '끝까지 잡는다'라는 영화를 본다고 하더라도 절대 당황하지 않을 거야. 오히려 유명세를 탔다고 좋아할 수도 있지. 어쨌든 그러니까 실수도 절대 하지 않을 거야."

그날 술자리에서 조동재가 건넸던 충고.
유능한 현직 검사로서 수많은 범죄자들을 직접 만났던 전문가인 조동재는 한성 연쇄 살인 사건의 진범인 변춘제가 '끝까지 잡는다'라는 영화를 설령 보더라도 당황하며 실수하지 않을 것이라고 말했다.
"사이코패스!"
이것이 전문가와 비전문가의 차이.
그리고 변춘제가 사이코패스라는 것은 내가 간과했던 부분이었다.

사이코패스는 반사회적 성격 장애자로 가장 대표적인 특징은 공감 결여였다.

그렇기에 사이코패스는 일반인의 기준으로 판단해서는 안 됐다.

그런데 난 일반인의 기준으로 판단하는 우를 범했던 것이었다.

"실수하지 않는다?"

원래 내가 세운 계획은 한성 연쇄 살인 사건의 진범인 변춘제가 한성 연쇄 살인 사건을 소재로 만든 영화인 '끝까지 잡는다'를 관람하고 난 후, 어떤 실수를 범하면 그 실수를 놓치지 않고 검거하는 것이었다.

그리고 하나 더.

변춘제가 '끝까지 잡는다'를 보고 난 후, 자칫 잘못하면 검거될지도 모른다는 걱정을 하면서 살인 행각을 멈추기를 기대했다.

그러나 조동재와 대화를 나눈 후, 난 내가 세웠던 계획이 모두 무위로 돌아갔다는 사실을 깨달았다.

"어떻게… 잡지?"

실수를 깨달았으니까 더 늦기 전에 전략을 바꾸어야 했다. 그리고 회귀자인 내가 기댈 수 있는 것은… 미래 기억뿐이었다.

"변춘제가 저지르는 다음 살인 사건의 시기와 장소, 그리고 피해자 정보에 대해서 알아내야 해."

후우.

혼잣말을 마친 내가 한숨을 내쉬었다.

문제를 해결할 수 있는 방법은 알아냈다.

그렇지만 여전히 정답을 모르는 상황이었다.

"답답하네."

지난 생의 나였다면?

인터넷에 검색만 해 보더라도 금세 이 문제의 정답을 알아낼 수 있었다.

그러나 이번 생은 아니다.

"좀 더 꼼꼼히 봐 둘걸."

한성 연쇄 살인 사건의 진범인 변춘제가 뒤늦게 검거된 것.

사회적으로 큰 이슈가 됐었다.

당연히 그와 관련된 기사들도 쏟아졌고.

그때, 좀 더 꼼꼼히 관련 내용들을 살펴보고 기억해 두지 않았던 것이 못내 후회로 남았다.

그렇지만 이대로 포기하기도 힘들었다.

'내가 기억해 내지 못하면… 누군가가 또 죽는다?'

변춘제가 검거된 것은 2018년.

경찰은 또 다른 피해자들이 발생하기 전에 변춘제를 검거하지 못했다.

그러니 내가 기억해 내지 못한다면… 또 다른 누군가가 변춘제에 의해서 억울한 죽음을 맞이하는 것이었다.

"포기하지 말자."

더 이상 방법이 없다는 생각이 든 순간, 내가 떠올린 것은 인터넷에서 본 피해자 유족의 인터뷰 내용이었다.

—딸아이가 너무 보고 싶은데… 꿈속에조차도 한 번 찾아오지 않아요. 아마 날 원망하는 것 같아요. 진범이 잡히면, 그래서 합당한 벌을 받으면 딸아이도 더 이상 날 원망하지 않을 겁니다. 그럼 제 꿈에 다시 나타나지 않을까요? 꿈에서라도 딸아이를 한 번 보는 것, 제 유일한 소원입니다. 그러니까… 그러니까 꼭 진범을 잡아 주세요.

내가 포기하면 또 다른 피해자가 발생한다. 그리고 피해자는 물론이고 피해자의 유족들도 여생을 지옥 속에서 살아간다는 것을 알고 있는데 어찌 포기할 수 있을까.

게다가 '끝까지 잡는다'를 제작하는 과정에서 난 회귀자라는 사실을 오픈하다시피 한 큰 대가를 치렀다.

이렇게 큰 대가까지 치렀는데 변춘제를 잡지 못해서 또 다른 피해자가 발생하는 것을 막지 못한다면?

너무 억울하단 생각이 들었다.

"처음부터, 원점에서 다시 시작해 보자."

포기하지 말자는 각오를 다지면서 다시 원점에서부터 시작했다.

'비록 다음 살인이 벌어지는 정확한 일자와 시간, 장소까지는 모르지만, 난 진범의 이름을 알고 있다. 변춘제, 이름을 알고 있으니까 어떻게든 찾을 수 있지 않을까?'

한성 연쇄 살인 사건의 진범인 변춘제의 이름을 알고 있다는 것만으로도 난 분명히 경찰들보다 몇 걸음 앞서 있는 셈이었다.

그리고 한성 연쇄 살인 사건의 배경인 한성시에 살고 있는 변춘제라는 이름을 가진 사람을 찾는다면?

얼마 지나지 않아 진범 변춘제를 찾아낼 수 있을지도 몰랐다.

그러나 문제는 방법이다.

다짜고짜 변춘제가 한성 연쇄 살인 사건의 진범이니까 잡아야 한다고 주장한들 내 이야기를 믿어 줄 사람은 없다.

그리고 설령 이 방식을 이용해서 변춘제를 검거하게 되더라도 문제는 남는다.

"어떻게 변춘제가 한성 연쇄 살인 사건의 진범이란 걸 알았지?"

경찰은 이런 질문을 던지며 날 의심할 것이 뻔하다.

그리고 난 이 질문에 대해서 답을 할 수 없는 상황이다.

"회귀자라서 알고 있다는 대답을 꺼내면… 어떤 반응을 보일까?"

돌아올 반응이 궁금해서 혼잣말을 꺼냈던 내가 벌떡 일어났다.

"내가 회귀자라서 알고 있다고 대답하더라도… 내 말을 믿어 줄 사람이 있긴 하구나."

내 눈앞에 마치 당연하다는 듯이 몇 사람의 얼굴이 떠올랐다. 그리고 그들의 얼굴이 떠오른 순간, 이 문제를 해결할 방법을 찾을 수 있을지도 모른다는 생각이 머릿속을 스치고 지나갔다.

*　　　　*　　　　*

딸랑.

커피 전문점 문을 열고 천태범이 들어선 순간, 신세연이 벌떡 일어났다.

"천 변호사님!"

"이야, 이게 얼마 만이야?"

천태범이 반갑게 손을 들며 인사를 건넸다.

"세연 씨는 그동안 어떻게 지냈어?"

"변호사님 덕분에 잘 지냈습니다."

빈말이 아니었다.

만약 천태범이 SB컴퍼니에 면접을 보라고 소개해 주지 않았다면?

신세연은 지금까지도 백수 신세였을지도 몰랐다.

당연히 꿈의 직장(?) 입사도 없었을 테고.

그래서 신세연은 항상 천태범에게 고마운 마음을 갖고 있었다.

이것이 일부러 천태범의 사무실 근처까지 찾아와서 커피를 대접하는 이유였다.

"천 변호사님도 잘 지내셨죠?"

"나? 눈칫밥 먹고 있어."

"왜 눈칫밥을 드세요?"

"월급은 꼬박꼬박 받고 있는데 하는 일이 별로 없거든."

천태범이 대답한 순간, 신세연이 환하게 웃었다.

"왜 웃어?"

"동지 의식이 생겨서요."

"응?"

"저도 사정이 비슷하거든요."

신세연이 솔직하게 대답하자, 천태범이 흥미를 드러냈다.

"회사 생활이 만족스러운가 보지?"

"네, 좋습니다."

신세연이 망설이지 않고 바로 대답한 후 덧붙였다.

"솔직히 말씀드리면 처음엔 천 변호사님을 원망했어요."

"날 원망했다? 왜?"

"이상한 회사 같았거든요."

"……?"

"천 변호사님은 대체 왜 내게 이런 회사에 면접을 보라고 주선하신 걸까? 혹시 날 싫어해서 이런 회사를 추천해 주신 건가? 이런 생각까지 했을 정도였어요. 그런데 지금은 생각이 바뀌었어요."

"어떻게 생각이 바뀌었는데?"

"SB컴퍼니는 꿈의 직장이다… 로요."

"하핫, 어지간히 회사 생활이 마음에 드는가 보군. 세연 씨에게 그 회사에 면접을 보라고 추천한 보람이 있네."

천태범이 웃으며 말을 마친 순간, 신세연이 두 눈을 빛냈다.

"너무 깊이 알려고 하지 마세요. 세상에는 일반적인 상식으로 이해가 되지 않는 일도 있으니까요."

일전에 백주민이 건넸던 충고였다.

SB컴퍼니의 대표인 백주민과 부대표인 서진우에 대해서 너무 깊이 알려 들지 말라는 뜻이었지만, 신세연은 호기심이 왕성한 편이었다.

그래서 일부러 친대범을 찾아온 것이었고.

"그래서 궁금했어요."

"뭐가 궁금한데?"

"왜 제게 SB컴퍼니 면접을 보라고 추천하셨던 거예요?"

"서 이사, 알지?"

"서 이사요?"

"아, 그 회사에서는 직함이 다를 수도 있겠네. 서진우 이사, SB컴퍼니에서는 어떤 직함을 갖고 있어?"

"부대표님이세요."

"대표가 아니라 부대표야?"

"네."

"그럼 대표는 누구지?"

"백주민 대표님이세요."

"백주민? 누구지? 들어 본 기억이 없는 이름인데."

연신 고개를 갸웃하던 천태범이 다시 말했다.

"어쨌든 서진우 이사가 부탁했었어."

"어떤 부탁을 했었는데요?"

"작은 투자 회사를 하나 차렸는데 함께 일할 여직원이 필요하다. 혹시 추천해 줄 만한 사람이 있느냐고 부탁했지."

"그래서 절 추천하셨던 건가요?"

"응."

비로소 자신이 꿈의 직장에 입사하게 된 전말을 알게 된 신세연이 다시 질문했다.

"서진우 부대표님과는 친하세요?"

"친하냐고?"

"네."

"친하다고 하는 게 맞는지 모르겠는데… 가까운 사이인 건 사실이야."

"부대표님은 어떤 분이세요?"

"서진우 이사가 어떤 사람이냐?"

바로 대답하지 못하고 한참 고민하던 천태범이 대답했다

"이상한 녀석이야."

"네?"

"상식선에서는 설명할 길이 없는 천재라고 표현하면 될까? 그리고 대체 무슨 생각을 하는지 속내를 파악하는 것도 힘들어."

'그렇구나!'

신세연이 고개를 끄덕일 때, 천태범이 덧붙였다.

"나도 궁금해 죽겠어."

"……?"

"그러니까 세연 씨도 눈 크게 뜨고 살피다가 서진우 이사에 대해서 알게 되는 게 있으면 나한테 좀 알려 줘."

*　　　　*　　　　*

"보자, 오늘 저녁은 뭘 먹으면 잘 골랐다고 소문이 날까?"

신세연이 맛집 정보가 가득 적혀 있는 수첩을 바라보면서 진지한 표정으로 고민하고 있을 때였다.

벌컥.

대표실 문이 열리고 백주민이 나왔다.

"어……?"

반사적으로 벽에 걸린 시계를 살핀 신세연이 당황했다.

현재 시간은 저녁 다섯 시.

아직 식사 시간이 되기까지는 한 시간이 남아 있었다. 그런데 백주민이 대표실에서 먼저 나와서 놀란 것이었다.

'처음이야!'

그리고 아직 놀랄 일은 끝이 아니었다.

평소 백주민은 추리닝 차림에 삼선 슬리퍼 착용을 고수했다. 그런데 오늘은 정장을 빼입고 구두도 신고 있었다.

'멋있다!'

확 바뀐 백주민에게서 신세연이 시선을 떼지 못했다.

녹색 추리닝을 입고 떡진 머리를 한 백주민의 모습만 보다가 정장을 빼입은 백주민의 모습을 보니까 꼭 다른 사람처럼 느껴졌다.

'단지 외양이 바뀌어서 멋있게 느껴지는 게 아냐.'

SB컴퍼니 총괄 팀장 신세연의 주 업무는 회사 대표인 백주민과의 식사.

하루도 빼놓지 않고 점심과 저녁 식사를 함께하는 과정에서 자연스레 대화가 오갔다.

그 대화를 통해 신세연은 백주민이 지적이고, 유머 감각도 있다는 사실을 알게 됐다.

어디 그뿐인가?

정확히 뭘 어떻게 해서 큰 투자 수익을 올리는지는 알지 못해도, 백주민은 투자자로서 대단한 능력을 갖춘 남자였다.

처음에는 대표실에 틀어박혀 있기 만한 그가 한심하게 느껴졌었는데.

어느새 자기 일에 몰두하는 멋진 남자로 인식이 바뀌어 있었다.

그리고 자기 일에 몰두하는 남자에게 여자는 호감을 느끼는 법.

이것이 신세연이 정장을 빼입은 백주민을 보며 멋있다고 감탄한 이유였다.

"대표……."

어쨌든 너무 놀란 나머지 신세연이 말까지 더듬었을 때였다.

"신세연 씨, 미안하지만 오늘은 같이 저녁을 못 먹습니다."

"네?"

"제가 오늘은 선약이 있거든요."

"아, 네. 알겠습니다."

일단 알겠다고 대답한 신세연이 잠시 망설이다가 호기심을 참지 못하고 질문을 던졌다.

"어떤 선약인지 물어봐도 되나요?"

"여자 친구 만나러 갑니다."

"네?"

"왜 그렇게 놀라세요?"

백주민은 의아한 표정으로 질문했다.

그렇지만 놀라지 않으면 오히려 더 이상한 일이었다.

매일 대표실에만 틀어박혀 있던 백주민이었다.

그래서 당연히 여자 친구가 없을 거라고 확신하고 있었는데.

그 확신이 빗나갔으니 어찌 놀라지 않을 수 있을까.

"그게… 그러니까 제가 놀란 이유는……."

"저 먼저 갑니다. 신세연 씨도 일찍 퇴근하세요."

백주민이 문을 열고 나갔다.

"분위기 좋은 이탈리안 레스토랑에 가려고 했었는데……."

이따가 저녁으로 이탈리안 레스토랑에서 파스타와 스테이크를 먹을 계획이었는데.

그 계획이 어그러져 버린 탓에 못내 아쉬운 마음이 들었다.

그리고 백주민에게 여자 친구가 있다는 사실을 뒤늦게 알고 나자, 맥이 탁 풀리는 느낌이었다.

"기분이… 왜 이렇지?"

백주민은 일찍 퇴근하라는 지시를 내렸다.

하지만 신세연은 퇴근 준비를 할 생각도 못 하고 멍하니 의자에 앉아 있었다.

그렇게 얼마나 시간이 흘렀을까.

"무슨 생각을 그렇게 골몰히 하세요?"

등뒤에서 들려온 목소리를 듣고 신세연이 깜짝 놀랐다.

"부대표님!"

"오랜만이네요."

"언제… 오셨어요?"

"좀 전에요. 문을 열고 들어왔는데도 전혀 모르시던데요?"

"아, 그게……."

"무슨 고민 있어요?"

서진우의 질문에 신세연이 고개를 가로저었다.

"아니요, 별것 아니에요."

"그래요? 혹시 고민 있으면 언제든지 말씀하세요. 유능한 직원을 잃어버리고 싶지 않으니까요."

'절대 그럴 일 없습니다.'

SB컴퍼니는 꿈의 직장.

잘리기 전에 제 발로 먼저 나갈 생각은 꿈에도 없었다.

그래서 신세연이 속으로 대답하며 고개를 갸웃했다.

아까 서진우가 자신을 유능한 직원이라고 언급한 것에 생각이 미쳐서였다.

"부대표님, 제가 정말 유능한 직원인가요?"

"그럼요."

"하지만 저는……."

"자기가 맡은 일을 잘해 내고 있으니까 유능한 직원이죠."

"대표님과 식사하는 것이요?"

"네."

'그건 제가 아니더라도… 누구나 할 수 있는 일인데요.'

신세연이 속으로 생각했을 때, 서진우가 그런 속내를 읽은 것처럼 덧붙였다.

"제 생각은 다른데요."

"네?"

"신세연 씨 말처럼 누구나 할 수 있는 일이지만, 아무나 잘 할 수는 없습니다."

"……?"

"대표님이 좋아합니다."

"뭘 좋아한단 말씀이세요?"

"식사 시간을 좋아합니다."

"네?"

"처음에는 끼니때마다 식사를 꼭꼭 챙겨 먹는 것을 귀찮아 하는 기색이 역력했습니다. 그런데 얼마 전에 대표님에게 여쭤 봤더니 더 이상 귀찮지 않다고 했습니다. 오히려 신세연 씨와 함께하는 식사 시간이 기다려질 정도로 좋아한다고 말하기도

했고요."

"정말… 그런 말씀을 하셨어요?"

"네, 그리고 이게 신세연 씨가 유능한 직원이라고 말했던 이유죠."

'다행이다.'

능력 있는 직원이란 평가를 받은 것이 기뻤다.

그렇지만 더 기쁜 것은 백주민이 자신과 함께 식사하는 시간을 기다릴 정도로 좋아한다는 점이었다.

그때, 서진우가 대표실로 걸어갔다.

"대표님, 안에 계시죠?"

당연히 백주민이 대표실에 있을 거라고 서진우는 확신한 채질문했다.

"안 계세요."

"안에 없다고요?"

그리고 백주민이 부재하다는 소식을 전하자 서진우도 놀란 기색이 역력했다.

"그럼 대표님은 지금 어디 계십니까?"

"약속이 있다고 나가셨어요."

"무슨 약속이요?"

"여자 친구를 만나러 가신다고 하시던데요."

"여자 친구요?"

서진우도 아까 자신만큼 놀랐다.

'모르셨구나.'

그 반응을 통해서 서진우 역시 백주민에게 여자 친구가 있다는 사실을 몰랐던 거라고 추측했을 때였다.

"이상하네요."

서진우가 고개를 갸웃하며 말했다.

"저도 이상하다고 생각했어요."

신세연도 서진우의 의견에 동조했다.

"밤낮없이 대표실에만 틀어박혀 계시고, 식사할 때를 제외하고는 외출도 하지 않으시는 대표님이 여자 친구가 있다는 것, 아무리 생각해도 이상해요. 여자 친구와 통화하는 것도 한 번도 못 봤거든요."

"제가 이상하다고 생각한 것은 그게 아닙니다."

"그럼……?"

"신세연 씨가 이상했습니다."

"제가요? 제가 왜……?"

"화가 나신 것 같았거든요."

"……?"

"아까 대표님이 여자 친구와 약속이 있어서 나간다는 이야기를 제게 전하던 신세연 씨의 목소리가 화가 난 것처럼 느껴졌습니다. 아무리 생각해 봐도 화를 낼 필요가 없는 것 같은데… 화를 내시니까 이상하다고 생각했죠."

"그건……."

신세연이 입술을 지그시 깨물었다.

'나도 이상하긴 마찬가지거든요.'

서진우의 능력이 측정하기 힘들 정도로 뛰어나다는 것은 신세연도 대충 알고 있었다.

그렇지만 서진우는 이제 대학교 2학년이었다.

자신보다도 훨씬 어렸다.

그런데 서진우와 대화하다 보면 나이가 훨씬 더 많은 사람과 대화한다는 느낌을 받을 때가 많았다.

지금도 마찬가지였다.

서진우는 자신의 작은 감정 변화를 놓치지 않고 정확하게 자신의 속내를 파악했다.

"착각하신 걸 겁니다. 대표님이 여자 친구가 있는 것 때문에 제가 화를 낼 이유가 없잖아요."

"네, 제가 착각했나 봅니다. 그리고… 아까 대표님은 거짓말을 하신 겁니다."

"거짓말이요?"

"네, 대표님은 여자 친구 없습니다."

서진우가 확신에 찬 표정과 목소리로 백주민에게는 여자 친구가 없다고 말했다.

'다행이다.'

그 말을 듣고서 신세연이 부지불식간에 안도의 한숨을 내쉬었을 때였다.

"표정이 밝아지셨네요."

"네?"

"그냥 그렇다고요."

서진우가 의미심장한 웃음을 지은 채 덧붙였다.

'내 표정이 밝아졌나?'

신세연이 표정 관리에 좀 더 신경 써야겠다고 생각할 때 서
진우가 물었다.

"대표님이 행선지는 밝히지 않았습니까?"

"네."

"알겠습니다."

서진우가 사무실을 나가려다 몸을 돌리고 한마디를 더 했
다.

"앞으로도 대표님을 잘 부탁드립니다."

*   *   *

'야경은… 여전히 예쁘네.'

백주민이 창밖으로 시선을 던지며 서울의 야경을 바라보고
있을 때, 차민주가 입을 뗐다.

"소식 들었어."

"어떤 소식?"

"네가 회사 대표가 됐다는 소식 말이야."

'성미가 알려 준 건가?'

김성미는 대학 동기.

백주민이 가장 가깝게 지내는 친구였다. 그리고 투자 실패로 어려움에 처했던 백주민이 손을 내밀었을 때 유일하게 도움을 줬던 친구이기도 했다.

어쩌면 자신이 극단적인 선택을 할지도 모른다는 우려가 들었던 걸까.

김성미는 수시로 연락해서 자신을 걱정했고, 그녀를 안심시켜 주기 위해서 투자 회사를 차려서 재기했다는 소식을 전했다.

그리고 차민주는 김성미에게서 그 소식을 전해 들은 듯했다.

"어쩌다 보니 그렇게 됐어."

"축하해."

"고마워."

"그런데 네가 대표인 회사 이름은 뭐야?"

"SB컴퍼니야."

"SB컴퍼니? 들어 본 기억이 없네."

차민주가 잠시 기억을 더듬은 후 질문을 이어 나갔다.

"회사 규모는 커?"

"큰 편은 아냐."

"직원이 몇이나 되는데?"

"셋."

"너 빼고 세 명이 전부라고?"

"아니, 나까지 포함해서 셋이야."

백주민이 솔직하게 대답하자, 차민주는 실망한 기색이 역력했다.

"그럼 네 연봉은 얼마나 되는데?"

"정해진 것은 없어. 회사 수익이 얼마나 나느냐에 따라서 달라져."

'올해는 대충 20억 정도 되겠네.'

백주민이 머릿속으로 대략 계산을 마쳤을 때, 차민주가 말했다.

"회사 규모가 작으니까 수익도 얼마 안 나겠네. 당연히 연봉도 얼마 안 될 테고."

차민주는 그 말을 끝으로 입을 다물었다.

'겨우 이런 얘기를 하려고… 만나자고 한 건가?'

두 번 다시 만날 일이 없다는 듯이 차갑게 이별을 통보하고 떠났던 차민주였는데.

먼저 만나자고 연락을 해 왔었다. 그리고 백주민은 같이 저녁을 먹자는 그녀의 제안을 거절하지 못하고 여기 나왔다.

'뭘 기대했던 거야?'

차민주와 마주 앉아 몇 마디 대화를 나누고 난 후 백주민은 금세 깨달았다.

그녀는 자신이 대표가 됐다는 소식을 듣고 다시 만남을 청했다는 사실을.

그리고 SB컴퍼니의 규모가 아주 작다는 것과, 또 자신의 연봉이 얼마 되지 않을 거라 짐작한 후 더 이상의 대화를 멈췄다는 것을.

침묵이 한참 이어졌다.

"메인 요리 나왔습니다."

그 침묵이 부담스럽게 느껴질 무렵, 때마침 종업원들이 메인 요리를 서빙했다.

일인분에 7만 원짜리 코스 요리.

슥, 스윽.

그렇지만 메인 요리인 스테이크는 맛대가리가 없었다.

'신세연과 같이 먹던 1인분에 오천 원짜리 부대찌개가 훨씬 더 맛있네.'

"음식 가격은 신경 쓰지 말고 먹고 싶은 걸로 먹어라."

백주민이 신세연에게 항상 하는 말이었다.

그렇지만 신세연은 비싼 음식 대신 싸고 맛있는 식당을 찾아내서 함께 식사했다. 그리고 그녀가 찾아낸 가성비가 좋은 식당들의 음식들은 대부분 맛있었다.

'아닌가?'

어쩌면 신세연과 함께 먹었기 때문에 음식들이 더 맛있게 느껴졌을 수도 있단 생각이 들었을 때였다.

"나 먼저 일어날게. 선약이 있었다는 걸 깜박했어."

차민주가 나이프와 포크를 내려놓으며 말했다.

신경 써서 화장을 한 차민주의 미모는 여전히 뛰어났다.

그러나 백주민은 미인인 차민주와 마주 앉아 함께 식사를 하고 있음에도 더 이상 가슴이 설레지도, 즐겁지도 않았다.

'내 연봉이 20억쯤 된다는 걸 알려 주면 선약을 취소하지 않을까? 아니, 선약이 있다는 거짓말을 철회하지 않을까?'

문득 떠오른 생각.

그렇지만 백주민은 그 이야기를 끝내 입 밖으로 꺼내지 않았다.

"그래."

대신 알았다고 대답했다.

차민주와의 식사 자리를 계속 이어 나가고 싶지 않은 것은 백주민 역시 마찬가지였기 때문이었다.

"오늘 반가웠어. 다음에 또 보자."

차민주가 작별 인사를 건넸다.

그렇지만 백주민은 고개를 가로저었다.

"아니."

"……?"

"이제 보지 말자."

이런 대답을 예상치 못해서일까.

차민주가 슬쩍 미간을 찌푸린 후 먼저 떠났다.

혼자 남겨진 백주민이 나이프와 포크를 내려놓으며 한숨을 내쉬었을 때였다.

"듣던 대로 미인이시네요."

서진우의 목소리가 들려왔다.

이곳에 그가 나타날 거라 꿈에도 예상치 못했던 백주민이 깜짝 놀란 표정으로 아까 차민주가 앉아 있던 자리에 앉는 서진우를 바라보았다.

Chapter. 3

"부대표님이 여긴 어떻게……?"

"아까 회사에 잠깐 들렀습니다."

"회사에는 무슨 일로……?"

"대표님을 만나러 찾아갔습니다. 그런데 신세연 씨가 대표님이 여자 친구를 만나러 갔다고 하더군요. 그래서 여기 계실 거라 짐작했습니다."

"네?"

"밤낮없이 대표실에만 틀어박혀 있는 대표님에게 여자 친구가 생겼을 리가 없다. 아마 전 여자 친구를 만나러 갔을 것이다. 그럼 어디서 만날까? 그렇게 생각하니 지난번에 저와 함께

왔던 이 레스토랑이 떠오르더군요."

'참 쉽네.'

백주민이 그의 추리력에 감탄했을 때, 서진우가 제안했다.

"와인 한잔할까요?"

"좋죠."

차민주와의 만남이 실망스러워서일까.

가뜩이나 술 생각이 나던 참이었다.

그래서 백주민이 콜을 외치며 바로 와인을 주문했다. 그리고 시큼털털한 와인을 한 모금 마셨을 때, 서진우가 물었다.

"재미없죠?"

"네?"

"전 여자 친구와의 만남 말입니다."

"네, 재미없네요."

백주민이 쓴웃음을 머금은 채 인정하자, 서진우가 충고했다.

"앞만 보고 가시죠."

"무슨… 뜻입니까?"

"지난번보다는 나은 삶을 살아야 하지 않겠습니까?"

백주민이 와인 잔을 향해 뻗던 손을 흠칫하며 다시 거둬들였다.

얼핏 들으면 평범한 충고처럼 느껴졌다.

그렇지만 다른 사람이 아닌 서진우가 던진 충고였기에 무척 특별하게 느껴졌다.

자신은 회귀자. 그리고 서진우도 회귀자.

공식적으로 그 사실을 서로 공유하지는 않았지만, 암묵적으로는 서로의 존재를 인정하고 있는 사이.

그래서 회귀자 서진우가 던진 충고는 특별하게 다가왔다.

'과거의 연에 얽매이지 말라는 뜻이로구나.'

그 충고에 담긴 속뜻을 간파한 백주민이 천천히 고개를 끄덕였다.

딱 자신에게 필요한 시의적절한 충고란 생각이 들어서였다.

"새 술은 새 부대에 담으란 뜻이죠?"

"네, 맞습니다."

"명심하겠습니다."

백주민이 대답했을 때, 서진우가 불쑥 질문을 던졌다.

"한성 연쇄 살인 사건을 아십니까?"

"당연히 알고 있습니다."

한성 연쇄 살인 사건에 대해서 알고 있느냐는 질문을 던졌을 때, 백주민에게서 돌아온 대답이었다.

잠시 후, 그가 와인을 한 모금 마신 후 말을 더했다.

"부대표님, SB컴퍼니가 투배사인 NOW&NEW에 투자를 했다는 사실을 잊으신 건 아니죠? 거액을 투자한 입장인데 NOW&NEW의 창립 작품인 '끝까지 잡는다'는 당연히 봤습니다. 그런데 한성 연쇄 살인 사건에 대해서 제가 모를 리가 없지 않습니까?"

그 이야기를 들은 내가 다시 질문했다.

"작품을 어떻게 보셨습니까?"

"재밌게 봤습니다. 부대표님을 믿고 NOW&NEW에 투자를 했던 것이 새삼 잘한 결정이라고 생각하기도 했고요."

백주민이 대답했지만, 내가 원한 대답은 아니었다.

"제가 왜 위험을 무릅쓰고 'IMF'와 '끝까지 잡는다'라는 영화를 제작했는지 아십니까?"

"그거야……."

백주민이 슬그머니 말끝을 흐렸다.

하지만 난 그가 원래 하려던 대답을 짐작할 수 있었다.

당신이 회귀자라서 두 작품이 흥행할 수 있을 거라는 걸 알고 있었기 때문에 제작한 것 아니냐?

이렇게 대답하고 싶었으리라.

다만 '회귀자'라는 단어를 입 밖으로 꺼내는 것이 부담스러워서 말끝을 흐리며 도중에 입을 다문 것이었다.

"시의성 때문이었습니다."

"시의성… 이요?"

"IMF'의 경우, 지금보다 훗날 제작해서 개봉하는 편이 흥행 가능성이 훨씬 더 높았습니다."

'IMF'가 개봉한 시점.

실제 대한민국 정부가 IMF에서 구제 금융을 받기 전이었다.

그리고 흥행 측면만 놓고 보자면, IMF에서 구제 금융을 받고 난 후에 'IMF'라는 영화를 개봉하는 편이 더 나았다.

그럼에도 불구하고 내가 'IMF'를 무척 이른 시점에 제작해서 개봉한 이유는 시의성 때문이었다.

"대한민국 국민들에게 경고를 해 주고 싶었습니다. 앞으로 큰 경제 위기가 닥칠 테니 미리 대비하라는 경고 말입니다."

기분이 묘하다.

이런 대화를 스스럼없이 나눌 수 있는 것.

백주민이 회귀자임을 알고 있고, 서로가 서로의 존재를 암묵적으로 인정한 상황이어서였다.

'마음은 편하네.'

내가 속으로 생각하며 말을 이었다.

"그럼 제가 '끝까지 잡는다'라는 영화를 제작해서 이 시점에 개봉한 이유도 짐작할 수 있으시겠죠?"

백주민이 와인 잔을 비웠다.

그런 그가 심각한 표정으로 되물었다.

"정말⋯ 한성 연쇄 살인 사건의 진범을 잡고 싶으신 겁니까?"

"네."

"그렇지만⋯⋯."

백주민이 이번에도 말하던 도중에 말끝을 흐린다.

그리고 이번에도 난 그가 원래 하려던 말을 짐작할 수 있다.

한성 연쇄 살인 사건의 진범은 앞으로 한참 더 시간이 지난 후에 잡히지 않느냐?

이것이 백주민이 하려던 말이었다.

"미래를 바꾸는 것이 무척 위험한 선택이라는 것쯤은 저도 알고 있습니다. 그렇지만 저는 바꿀 가치가 있다고 확신하고 있습니다. 그래서 대표님의 도움이 필요합니다."

"제… 도움이요?"

"네."

"제가 뭘 도우면 됩니까?"

"한성 연쇄 살인 사건의 진범이 저지를 다음 사건이 언제 어디서 발생하는지 혹시 알고 계십니까?"

*   *   *

회귀자는 미래를 알고 있다.

이것이 회귀자의 가장 큰 무기.

그 무기 덕분에 난 지금까지 승승장구했다.

하지만 회귀자라고 해서 모든 미래 지식을 다 알고 있는 것은 아니다.

동화백화점 대표인 손진경이 훗날 JK그룹의 오너가 된다는 사실을 전혀 알지 못했던 것.

내가 회귀자임에도 불구하고 미래 지식을 전부 알지 못한 다는 증거다.

그리고 내가 알지 못했던 손진경에 대한 자세한 정보를 또 다른 회귀자인 신은하는 알고 있었다.

관심 분야가 서로 다르기 때문에 발생한 결과라는 건 내가 알지 못하는 미래 지식을 다른 회귀자들이 알 수도 있다는 뜻 이었다.

거기까지 생각이 미친 순간, 난 바로 백주민을 찾아왔다.

신은하, 심대평, 백주민, 이토 겐지, 양쉰췬.

현재 내가 파악하고 있는 회귀자들의 명단이었다. 그리고 이들 가운데 내가 가장 먼저 백주민을 찾아온 이유는 가장 대화를 나누기 편한 상대이기 때문이었다.

'하지만… 알고 있을 가능성은 낮아!'

혹시나 하는 기대를 품은 채 백주민을 찾아오긴 했지만, 그 가 한성 연쇄 살인 사건의 진범인 변춘제가 저지를 다음 살인 에 대해서 알고 있을 가능성은 낮다고 난 판단했다.

그가 수사 전문가가 아니라 투자 전문가이기 때문이었다.

그때, 백주민이 입을 뗐다.

"5월 29일에 마석 물류 연천 공장에서 화재가 발생합니다. 수십억대의 재산 피해가 발생했고, 물류 공장에서 근무하던 노동자들 중 한 명이 사망하고, 스물세 명이 중경상을 입고 병원으로 후송됩니다."

오늘은 5월 3일.

그런데 백주민은 5월 29일에 마석 물류 연천 공장에서 화재가 발생한다고 말했다.

작년 5월 29일이 아니었다.

올해 5월 29일에 마석 물류 연천 공장에서 화재가 발생한다는 뜻이었다.

'그런 일이… 있었나?'

화재가 발생하는 것은 빈번하게 발생하는 사건이었다.

아무리 내가 회귀자라고 해도 세상에서 벌어지는 모든 사건 사고에 대해서 다 알 수는 없는 노릇이다.

그래서 마석 물류 연천 공장에서 화재가 발생하는 사건에 대해서는 전혀 알지 못했다.

하지만 백주민은 달랐다.

'어떻게 알고 있는 거지?'

그가 이 화재 사건이 발생한 날짜까지 정확하게 기억하고 있는 데는 어떤 이유가 있을 거란 생각이 들어서 내가 물었다.

"백주민 씨와 마석 물류 연천 공장 화재 사고와 어떤 연관이 있습니까?"

"네, 있습니다."

"혹시… 가족이나 지인이 그 사고에 휘말렸던 겁니까?"

"그건 아닙니다."

"그럼……?"

"마석 물류 주식을 대량 매입 했었습니다."

'아!'

비로소 백주민이 마석 물류 연천 공장 화재 사고에 대해서 정확히 기억을 하고 있는 이유를 알게 된 내가 쓴웃음을 머금었다.

'역시 관심사는 전부 다르구나.'

그리고 속으로 생각했을 때, 백주민이 덧붙였다.

"그 화재 사고로 인해 큰 손실을 봤습니다. 그래서 화재 사고가 발생할 날짜까지 정확하게 기억하고 있습니다."

"그렇군요."

내가 대답한 후, 다시 질문했다.

"그런데 갑자기 왜 그 이야기를 하시는 겁니까?"

"그날이거든요."

"네? 그날이라면……?"

"한성 연쇄 살인 사건의 진범이 다음 살인을 저지르는 날 말입니다. 마석 물류 연천 공장 화재 사고 때문에 날짜를 정확히 기억하고 있었습니다."

혹시나 하는 기대를 갖고 백주민을 찾아왔던 것이었는데.

분명한 소득이 있었다.

'5월 29일!'

그 날짜를 잊지 않기 위해서 속으로 되뇌고 있을 때, 백주민이 말했다.

"아쉽게도 제가 알고 있는 것은 이게 다입니다. 사건 발생 장소나 시간에 대해서는 아는 게 없습니다."

'아쉽네!'

백주민이 알고 있는 것이 사건 발생 일자가 다라는 이야기를 듣고서 아쉬움이 드는 것은 사실이었다.

그러나 그를 탓할 수는 없었다.

"와인 한잔 더 할까요?"

"그러시죠."

와인이 담긴 잔을 들며 난 다음 계획을 떠올렸다.

'어쩔 수 없이 한 번은 더 얼굴을 봐야겠네.'

*   *   *

구치소 면회실.

"너… 너… 무슨 일로 찾아온 거야?"

날 발견한 심대평은 당황한 기색이 역력했다.

"그냥 잘 지내고 계신가 걱정이 돼서 한번 찾아와 봤습니다."

내가 면회를 찾아온 용건을 밝혔지만, 심대평은 곧이곧대로 믿지 않았다.

"헛소리 지껄이지 마. 내가 그 말을 믿을 것 같아?"

와락 인상을 구긴 채 심대평이 소리쳤다. 그리고 원망 어린 시선을 던지고 있는 그를 확인한 내가 담담한 목소리로 말했다.

"날 원망하는 겁니까?"

"그거야 당연히……."

"생각 잘하세요."

"……?"

"당신 목숨 줄을 쥐고 있는 것은 나니까요."

"무슨… 뜻이야?"

심대평이 무슨 뜻이냐고 물었지만, 난 대답 대신 화제를 전환했다.

"난 한 번도 구치소나 교도소에 들어가 본 적이 없어서 궁금해서 하는 질문인데… 여기서 지낼 만하세요?"

"뭐 하는 거야?"

"못 보던 사이 짜증이 많이 는 것을 보니까 많이 갑갑하신가 보네요."

"날 놀리기 위해서 찾아왔어? 그럴 거면 그냥 돌아가!"

심대평이 화를 참지 못하고 벌떡 일어났다. 그리고 면회를 종료하고 자리에서 일어서려는 그에게 내가 말했다.

"지금 이대로 일어나서 돌아가면 두고두고 후회할 겁니다."

"……."

"심대평 씨가 이 안에서 얼마나 오랫동안 머무르는가는 내게 달렸으니까요."

내가 말을 마친 순간, 심대평이 다시 자리에 앉았다.

"자세히 말해 봐."

"심대평 씨의 선처를 요청해 드릴 수 있습니다."

"선처?"

"네, 피해자인 제가 선처를 요청하면 형량이 줄어들 수 있다는 것 정도는 심대평 씨도 알고 있죠?"

"그건 알고 있어. 그런데… 정말 선처를 요청해 줄 거야?"

"네."

"왜지?"

난 널 죽이려고 했었다.

그런데 내 형량을 줄여 주기 위해서 선처까지 요청해 주려는 이유가 뭐냐?

심대평은 도무지 이해가 안 간다는 표정을 짓고 있었다.

'다 이유가 있지.'

원래라면 난 절대 선처를 요청할 생각이 없었다.

그렇지만 도중에 생각이 바뀐 이유는 심대평의 도움이 필요했기 때문이었다.

"거래라고 표현하면 적당할 것 같네요."

"거래? 무슨 거래?"

"심대평 씨, 저는 성인군자가 아닙니다."

"......?"

"날 죽이려고 했던 심대평 씨를 위해서 선처를 해 줄 정도로 마음이 태평양처럼 넓지는 않다는 겁니다. 솔직히 말씀드리면 심대평 씨와 다시 마주하는 것도 불편하기 짝이 없습니다. 그런 불편함을 무릅쓰고 내가 여기에 찾아온 이유는 심대평 씨에게 듣고 싶은 이야기가 있기 때문입니다. 만약 심대평 씨가 내가 원하는 이야기를 들려줄 수 있다면… 그에 대한 대가로 선처를 약속 드리겠습니다."

백주민, 신은하, 그리고 심대평.

내가 알고 있는 회귀자들의 면면.

일단 백주민을 찾아가서 한성 연쇄 살인 사건의 진범인 변춘제가 다음 살인을 저지를 날짜는 알아내는 데 성공했다.

그러나 여전히 사건 발생 장소와 사건 발생 시각 같은 정보는 알지 못하는 상황.

그래서 난 심대평을 찾아왔다.

그리고 신은하를 건너뛰고 바로 백주민을 찾아온 이유는… 한성 연쇄 살인 사건에 대해서 더 잘 알고 있을 가능성이 높다고 판단해서였다.

비록 개봉을 하지는 못했지만 심대평은 한성 연쇄 살인 사건을 모티브로 한 '살인의 기억'의 제작자였으니까.

"내게 듣고 싶은 이야기가 있다?"

비로소 내가 면회를 하기 위해서 찾아온 목적을 알게 된 심대평이 흥미를 드러냈다.

"무슨 이야기를 듣고 싶은 거지?"

"다음 사건이 벌어지는 장소."

"다음 사건이라니?"

"한성 연쇄 살인 사건 말입니다."

내가 한성 연쇄 살인 사건의 진범인 변춘제가 벌일 다음 사건에 대해서 질문하자, 심대평은 당황한 기색이 역력했다.

"그걸 내가 어떻게 알 수 있다고……."

"정말 모릅니까?"

"내가 왜 알고 있을 거라고 생각하는 거지?"

"심대평 씨는 특별한 사람이니까요."

"특별한 사람?"

내가 특별한 사람이라고 표현하자, 심대평이 두 눈을 가늘게 좁힌다.

"이제는… 감추지도 않는다?"

"서로 아는 사이에 감출 필요가 없지 않나요?"

잠시 고민하던 심대평이 고개를 끄덕이며 말했다.

"화암동 굴다리."

'역시… 알고 있었어!'

'살인의 기억'의 제작자인 심대평은 한성 연쇄 살인 사건에 대해서 조사를 거쳤을 테니 다음 사건에 대한 정보를 알고 있을 가능성이 높다고 판단했던 내 계산이 적중한 셈이었다.

그래서 속으로 쾌재를 부른 후, 다시 질문했다.

"시간은 언제입니까?"

그리고 심대평은 이번에는 질문에 대한 답을 하지 않았다.

대신 내게 질문을 던졌다.

"이러는 이유가 뭐야?"

"무슨 이유 말입니까?"

"날 찾아와서 한성 연쇄 살인 사건의 진범이 벌일 다음 사건에 대해서 꼬치꼬치 캐묻는 이유 말이야."

"살리고 싶어서입니다."

"죽을 여자를 살리고 싶다는 뜻이야?"

"맞습니다."

"왜? 다음 사건 피해자가 가족이야? 아니면, 애인이라도 돼?"

"그것까지 제가 밝힐 필요는 없을 것 같은데요."

"뭐, 그렇긴 하지. 중요한 건 무척 절실하다는 거지."

심대평이 한쪽 입꼬리를 말아 올리며 덧붙였다.

"거래 조건을 바꾸지."

"무슨 뜻입니까?"

"고작 선처로는 만족하지 못하겠단 뜻이야."

"……?"

"사건 현장에서 날 보지 못했다고 법정에서 증언을 해. 그럼 사건이 발생할 시간을 알려 주지."

'쓰레기네!'

내가 한숨을 내쉬었다.

날 죽이려는 시도를 한 것만 봐도 심대평이라는 인간이 최악이란 사실을 눈치챌 수 있었다.

'사람 안 변한다는 말이 맞네.'

구린내가 풀풀 풍긴다는 느낌에 부지불식간에 미간을 찌푸린 내가 자리에서 일어섰다.

"왜 일어나?"

그리고 내가 일어나는 것을 발견한 심대평이 당황한 기색으로 물었다.

"됐습니다."

"뭐가 됐다는 거야?"

"알려 주지 않아도 된다는 뜻입니다."

그 말을 끝으로 돌아서는 내 등 뒤로 심대평이 다급한 목소리로 소리쳤다.

"내 도움이 꼭 필요할 텐데? 내가 알려 주지 않으면 네가 그렇게 살리고 싶어 하는 여자는 못 살린다고!"

"다른 방법도 있죠."

"다른 방법?"

내가 웃으며 심대평에게 알려 주었다.

"당신이 이렇게 나올 줄 알았습니다. 그래서 다른 패도 준비했죠."

   *   *   *

사고가 난 각그랜저를 폐차한 후 새 차를 구입했다.

'이참에 외제 차를 구입할까?'

잠시 고민했지만 난 다시 각그랜저를 구입했다.

'덕분에 살았으니까!'

지난 사고 때 각그랜저 에어백이 터졌다면 난 꼼짝없이 죽었을 터.

에어백이 터지지 않은 각그랜저에 대한 고마움(?)이 또 한 번 각그랜저를 구입하게 된 이유였다.

주차장에 세워 두었던 각그랜저에 올라탄 내가 희미한 웃음을 머금었다.

"당신이 이렇게 나올 줄 알았습니다. 그래서 다른 패도 준비했죠."

아까 심대평에게 했던 말.

그냥 화가 나서 아무렇게나 쏘아붙인 말이 아니었다.

'심대평이라면… 순순히 협조하지 않을 가능성이 높다!'

구치소로 찾아가기 전, 내가 떠올렸던 생각이었다.

그래서 심대평을 만난 후, 다음 사건이 벌어질 장소와 시간을 한꺼번에 묻지 않았다.

우선 장소에 대해서 묻고, 다음으로 시간을 묻는 전략을 썼다.

사건 발생 장소를 알아내는 것이 급선무였기 때문이었다.

그리고 심대평의 반응은 내 예상에서 한 치도 빗나가지 않았다.

다음 사건의 피해자를 구하기 위해서는 장소와 시간을 모두 알아야 한다는 사실을 알고 있는 심대평은 장소에 대해서는 순순히 알려 주고, 시간에 대해서는 알려 주지 않았다.

거래 조건을 바꾸기 위함이었다.

'나쁘지 않은 전략!'

심대평이 즉석에서 수립한 전략은 나쁘지 않았다.

그렇지만 그가 한 가지 예측하지 못한 점이 존재했다.

바로 회귀자가 우리 둘 말고도 더 있다는 점이었다.

심대평은 알지 못하지만 백주민 역시 회귀자.

그리고 난 백주민을 만나서 이미 다음 사건이 벌어질 일자를 알아낸 후였다.

그래서 심대평을 통해서 사건 발생 장소를 알아낸 것만으로도 충분했다.

"선처는 무슨, 욕심을 적당히 냈어야지."

난 심대평을 선처해 줄 생각이 손톱만큼도 없다.

부르릉.

차량의 시동을 걸며 혼잣말을 꺼냈다.

"5월 29일, 화암동 굴다리."

다행히 다음 사건이 벌어질 때까지는 아직 시간이 좀 남아 있었다.

＊　　　＊　　　＊

"이쪽이야, 이쪽!"

"빨리 움직이라고."

"거기 좀 도와줘. 손이 모자라."

포장 용기를 제조할 공장 건설 현장에 찾아온 윤원종이 감회에 젖은 눈으로 분주한 현장 상황을 살폈다.

"기적이 벌어졌구나."

그런 그가 작게 혼잣말을 꺼냈다.

윤원종이 즉석 밥에 대해서 처음 떠올린 것은 오 년 전이었다.

야근을 마치고 허기가 진 채로 집에 돌아갔는데 밥솥에 밥이 없었다.

곤히 자고 있는 와이프를 깨우기 미안해서 윤원종은 직접 밥솥에 쌀을 안쳤다. 그리고 밥이 다 될 때까지 허기를 참으며 식탁 앞에 멍하니 기다리던 사이에 문득 전자레인지가 눈에 들어왔다.

'전자레인지에 얼려 놓은 밥을 돌려서 해동시키면 간단하게 먹을 수 있었을 텐데.'

밥을 미리 얼려 놓지 않은 와이프를 원망하다가 처음 즉석 밥을 떠올렸고 눈앞이 번쩍 뜨이는 느낌을 받았다.

두정식품의 미래가 즉석 밥에 달려 있다는 확신이 들었기 때문이었다.

그 후로 오 년간 윤원종은 즉석 밥 개발에 몰두했다.

그렇지만 이상과 현실은 달랐다.

알파미와 동결 건조미를 이용해 즉석 밥을 개발하겠다는 계획은 여러 난관에 부딪쳤다.

그사이 자금난이 가중됐고, 즉석 밥 개발을 포기해야 할지에 대해서 고민할 때 서진우가 찾아왔었다.

"못 미더웠지."

솔직히 자신을 찾아와 투자하겠다는 의사를 밝힌 서진우에 대한 믿음이 가지 않았다.

자식뻘밖에 안 될 정도로 워낙 앳된 서진우의 외양 때문이었다.

그러나 서진우가 지난 오 년간 두정식품이 즉석 밥 개발을 위해서 어떤 과정과 실패를 거쳤는가를 훤히 꿰뚫고 있다는 사실을 확인하고 윤원종의 생각이 바뀌기 시작했다.

그리고 서진우는 약속을 지켰다.

덕분에 투자를 받아서 포장 용기 제조 공장을 짓고 있는 것이고.

"대표님, 공사 시작했네요."

그때, 서진우의 목소리가 들려왔다.

청바지에 검정색 티셔츠를 받쳐 입은 수수한 차림의 서진우를 윤원종이 반갑게 맞이했다.

"부대표님, 여긴 어떻게 오셨습니까?"

"공사 시작했다는 소식을 알려 주셨지 않습니까? 공사 현장을 한번 보고 싶어서 찾아왔습니다."

"잘 오셨습니다. 부대표님 덕분에 꿈을 이룰 수 있었습니다."

그냥 한 말이 아니었다.

서진우는 투자만 한 것이 아니었다.

즉석 밥 개발 과정에서 발생한 문제점들을 단숨에 해결할 수 있는 해법까지 들고 찾아왔었다.

만약 서진우를 그때 만나지 못했다면?

윤원종은 결국 즉석 밥 개발을 포기했을 것이었고, 평생을 일궜던 두정식품도 부도가 났을 가능성이 높았다.

'은인!'

윤원종 입장에서 서진우는 은인이었다.

"제 덕분이 아닙니다. 저는 그냥 다 된 밥상에 숟가락만 얹은 것이니까요. 즉석 밥을 떠올린 것도, 여러 어려움에도 불구하고 계속 즉석 밥 개발을 위해서 연구를 하셨던 것도 대표님입니다. 그 덕분에 성공을 목전에 두고 있는 겁니다."

'말도 참 예쁘게 한단 말이야!'

서진우 같은 아들이 하나 있었으면 참 좋았겠다는 생각을 윤원종이 무심결에 하고 있을 때였다.

"이제 다음 먹거리를 고민해 볼 때가 된 것 같습니다."

서진우가 불쑥 말했다.

"네?"

그 이야기를 들은 윤원종이 깜짝 놀랐다.

아직 즉석 밥 개발도 완전히 끝나지 않은 상황.

그런데 서진우는 벌써 다음 먹거리를 고민하고 있었다. 그리고 서진우의 이야기를 들은 후 윤원종은 뒤통수를 세게 얻어맞은 것처럼 충격을 받았다.

'내가… 그동안 너무 안주하고 있었어!'

기업을 경영하는 사람은 절대 안주해서는 안 됐다.

항상 치열하게 고민하면서 10년 후를 내다봐야 했다.

하지만 오랫동안 개발에 몰두했던 즉석 밥 개발이 성공 단계에 이르자, 자신도 모르게 안주해 버렸다.

그런 상황에서 서진우가 한 이야기는 마치 채찍질처럼 다가왔다.

'나이가 한참 어리다고 해도… 배울 건 배워야지!'

그래서 윤원종이 서진우에게 새삼스러운 시선을 던질 때였다.

"일전에 제가 법대생이란 건 말씀드렸었죠?"

서진우가 다시 물었다.

"네, 한국대학교 법학과에 다닌다고 말씀하셨습니다."

"기억하고 계시네요. 이제 슬슬 사법 고시를 준비해야 할 때가 된 것 같아서 얼마 전에 노량진에 한번 다녀왔습니다."

"법대 2학년이니까 사법 고시를 준비할 때가 된 것 같습니다. 이렇게 명석하시니까 금세 사법 고시에도 합격할 수 있을 겁니다."

"그럴 것 같지 않은데요."

"네?"

"사법 고시에 합격하는 것 말입니다. 힘들 것 같다는 뜻입니다."

"왜……?"

"어쨌든 제가 사법 고시에 합격할 수 있는가 여부는 중요치 않습니다. 제가 드리고 싶은 이야기는 노량진에서 인상적인 상품을 봤다는 겁니다."

"인상적인 상품이요? 그게 뭡니까?"

윤원종의 질문에 서진우가 대답했다.

"컵밥이란 겁니다."

*　　　　*　　　　*

방금 난 거짓말을 했다.

일단 노량진에 가 본 적이 없다. 그리고 지금 노량진에 가더라도 컵밥은 찾을 수 없다.

바쁜 공시생들에게 저렴한 가격에 한 끼를 해결할 수 있는 방편이 돼 준 컵밥은 2000년대 중반이 돼서야 인기를 얻기 때문이다.

그럼에도 불구하고 내가 노량진을 방문했다가 컵밥을 봤다고 거짓말을 한 이유는 미래에 마트에서 흔히 찾아볼 수 있는 즉석 컵밥을 비롯한 즉석 음식 상품들에 대해서 윤원종에게 설명할 방법이 마땅치 않았기 때문이었다.

"컵밥이… 뭡니까?"

그리고 윤원종은 처음 들어 보는 컵밥에 흥미를 드러냈다.

"말 그대로 컵밥입니다. 일회용 용기에 적당량의 밥을 담고, 제육볶음이나 소불고기 양념들을 밥 위에 얹어서 비벼 먹는 상품이죠."

내가 간략하게 컵밥에 대해서 설명하자, 윤원종이 고개를 갸웃했다.

"그게… 상품성이 있습니까?"

그리고 경영자답게 상품성이 있느냐는 질문부터 던졌다.

"아직은 큰 인기가 없지만… 가능성은 무궁무진하다고 느꼈습니다."

"왜 그렇게 판단하신 겁니까?"

"노량진에는 특수성이 있으니까요."

"특수성이라면……?"

"공무원 시험이나 사법 고시를 준비하는 공시족들에게는 시간이 금이나 마찬가지입니다. 밥 먹는 시간도 아껴서 공부를 해야 하는 입장이죠. 그래서 식당에 들어가서 주문하고 밥 먹는 데까지 걸리는 시간이 분명히 아까울 겁니다. 그런데 주문하자마자 바로 나오고, 길에 선 채로 한 끼를 빨리 해결할 수 있는 게 바로 컵밥입니다. 이런 장점이 있기 때문에 노량진에서는 점점 입소문을 타면서 인기를 얻을 가능성이 높습니다."

내 설명을 들은 윤원종이 고개를 끄덕였다.

시간이 금이나 마찬가지인 노량진 공시생들 사이에서는 컵밥이 한 끼 식사를 해결할 수 있는 방편이 될 수 있다고 판단한 듯 보였다.

그럼에도 불구하고 윤원종의 표정이 떨떠름한 이유는 여전히 컵밥의 상품성에 대한 의구심을 갖고 있어서였다.

"윤 대표님, 저는 이 공장을 즉석 밥 하나만 바라보고 짓는 게 아닙니다."

"네?"

"이 포장재는 다른 상품에도 사용할 수 있습니다."

"다른 상품이라면……?"

"아까 말씀드린 컵밥이죠."

"하지만……."

"야근을 마치고 집에 돌아왔는데 밥이 없네요? 그런데 다행히 즉석 밥은 있습니다. 하지만 밥만 먹을 수는 없죠. 반찬도 있어야 하는데 냉장고 안에 마땅한 반찬이 없습니다. 이런 경우에 컵밥이 대안이 될 수 있다는 뜻입니다."

윤원종의 표정이 변했다.

"밥과 반찬을 동시에 해결한다는 뜻입니까?"

"그렇습니다. 전자레인지에 돌려서 제육 덮밥, 혹은 소불고기 덮밥을 바로 먹을 수 있는 겁니다."

"아!"

윤원종이 괜히 즉석 밥을 남들보다 먼저 떠올린 게 아니었다.

그는 짤막한 설명을 듣자마자 컵밥의 상품성을 알아챈 듯 보였다.

그런 그의 이해를 돕기 위해서 내가 설명을 더했다.

"즉석 밥이 상품성이 있다고 판단한 이유는 앞으로 일인 가구가 점점 늘어날 것이기 때문입니다. 그리고 혼자 사는 사람들 중에 반찬까지 직접 해 먹을 정도로 여유 있는 사람은 드뭅니다. 그들은 전자레인지에 몇 분 돌리는 것만으로도 한 끼를 해결할 수 있는 상품에 기꺼이 지갑을 열 가능성이 높습니다."

"그 상품이 컵밥이란 뜻이죠?"

"그렇습니다. 물론 가성비가 뛰어나야 한다는 전제 조건이
필요합니다."

"가격은 저렴한 반면, 맛은 좋아야 한다는 뜻이로군요."

"정확합니다."

운원종이 두 눈을 반짝반짝 빛내며 힘껏 고개를 끄덕였다.

"개발해 볼 가치는 충분할 것 같습니다."

*　　　　*　　　　*

즉석식품 시장은 블루오션이다.

언제나 그렇듯 중요한 것은 선점.

즉석 밥을 시작으로 즉석식품 시장에서 두정식품이 선구자
가 된다면 향후 20년간 승승장구할 수 있을 것이었다.

그리고 내가 두정식품에 이렇게 공을 들이는 이유는 한 가
지가 더 있었다.

'블루윈드' 소속 배우들, 그리고 JK미디어 소속 가수들을 광
고 모델로 활용해서 세계 시장에 진출할 계획을 갖고 있기 때
문이었다.

'K-food라고 불렀었지.'

예전 기억을 더듬는 사이 집에 도착했다. 그리고 집 앞에
찾아와 있는 서주연을 발견한 내가 서둘러 차에서 내렸다.

"누나, 왜 연락도 없이 찾아왔어?"

"연락 몇 번이나 했거든. 네가 전화를 안 받았지."

"그랬었나?"

"이렇게 전화를 안 받을 거면 비싼 휴대 전화는 왜 사서 들고 다니는 거야?"

"미안, 중요한 얘기를 하느라 전화 못 받았어. 그런데 진짜 무슨 일로 찾아온 거야?"

"축제 같이 가자고."

"축제?"

"요새 너희 학교 축제잖아. 그래서 같이 가려고 찾아왔지."

"우리 학교가 지금 축제 기간이야?"

"너, 한국대 학생이 맞긴 한 거야?"

서주연이 황당한 표정을 지은 채 물었다.

'전혀… 몰랐네.'

교통사고 이후에 여기저기 정신없이 쫓아다니느라 계속 학교에 빠졌다. 그래서 축제 기간이라는 것을 전혀 몰랐다.

"그런데 누나가 왜 우리 학교 축제에 가려는 건데?"

"승진 오빠 때문에."

"승진 오빠?"

"우승진 오빠가 너희 학교 축제에 오잖아. 설마… 우승진이 누군지도 모르는 것은 아니겠지?"

명색이 음반 회사인 JK미디어 이사인 나다.

그런 내가 가수 우승진을 모를 리가 없다.

데뷔 앨범에 수록된 '남의 나라'가 선풍적인 인기를 끌면서, 요즘 가장 핫한 댄스 가수로 등극된 것이 바로 우승진이다.

그리고 우승진이 인기몰이를 할 것임을 알면서도 내가 JK미디어로 영입하려는 시도조차 하지 않은 데는 나름의 이유가 있다.

지금으로부터 꽤 시간이 흐른 후, 우승진이 군 문제로 인해 국민적 지탄을 받게 된다는 사실을 알고 있어서이다.

거기까지 생각이 미쳤던 내가 표정을 딱딱하게 굳혔다.

얼마 전에 받았던 입대 영장 때문이었다.

'군대를 두 번 가는 건 너무 억울하잖아!'

운 좋게 회귀를 한 것은 무척 감사한 일이었다.

그렇지만 군대를 두 번 가는 것은 극구 사양하고 싶을뿐더러 너무 억울했기 때문이었다.

일단 학업을 사유로 입영 연기를 해 두긴 했지만, 군대 문제는 벌써부터 내 골치를 지끈거리게 만들고 있었다.

"진짜… 승진 오빠를 모르는 거야?"

그때 서주연이 다시 물었다.

"알아!"

"다행이다."

"뭐가?"

"내 동생이 간첩은 아니었으니까."

'뭐래?'

내가 헛웃음을 흘렸을 때, 서주연이 팔을 잡았다.

"같이 가 줄 거지?"

"귀……."

귀찮아서 싫다고 대답하려다가 도중에 입을 다물었다.

서주연의 눈빛이 너무 간절한 데다가, 아버지와 어머니와 달리 누나인 서주연에게만 너무 무심했다는 자책이 들어서였다.

'이 정도는 해 줄 수 있잖아.'

그래서 내가 생각을 바꾸고 대답했다.

"그래, 같이 가자."

                    *   *   *

축제의 꽃은 주점이다.

각 학과별로 주점을 열었고, 법학과도 마찬가지였다.

"내가 한국대학교 축제에 올 줄은 꿈에도 몰랐네. 어쨌든 축제에 왔으니 술도 한잔해야지."

서주연은 술을 마시길 원했지만, 난 법학과에서 마련한 주점을 빠르게 지나쳤다.

"왜 법학과 주점을 그냥 지나쳐?"

"아는 사람이 없어."

"뭐? 농담하는 거지?"

"진짜 아는 사람이 없어."

법학과 주점을 빠르게 지나친 내 눈에 경영학과 주점이 들어왔다.

'그나마 아는 사람이 있는 곳이 낫겠지.'

내가 결정을 내리고 서주연과 함께 경영학과 주점으로 향했다.

"어서 오……."

우리를 향해 인사하던 남학생이 도중에 말을 멈추고 바로 적의가 담긴 시선을 던지기 시작했다. 그리고 적의 어린 시선을 던지는 것은 그 남학생만이 아니었다.

주점 내에서 일하던 다른 남학생들도 내게 적의 어린 시선을 던지고 있었다.

'이태리 때문이구나!'

이태리가 나와 친하게 지낸다는 사실은 널리 알려진 상황.

그래서 평소 이태리를 흠모하던 경영학과 남학생들이 내게 적개심을 드러내고 있는 것이었다.

그러나 그 사실을 전혀 모르는 서주연의 해석은 달랐다.

"나 때문이지?"

"뭐가?"

"저 남학생들이 너한테 보내고 있는 적의가 담겨 있는 시선 말이야. 나 때문이잖아."

"……?"

"내가 너무 미인이라서 나와 같이 동석한 널 질투하는 거야."

지금 단단히 착각하고 있는 거라고 알려 주려다가 그만두었을 때였다.

"진우, 왔구나."

이태리가 등장해서 내게 아는 체를 했다.

"응, 술 마시러 왔어."

"법학과 주점이 아니라 경영학과 주점을 찾아온 건 역시 날만나기 위해서 일부러……."

한껏 상기된 표정으로 말하던 이태리가 도중에 입을 다물고 서주연에게 경계심이 섞인 시선을 던졌다.

"누구야?"

"우리 누나."

"친누나?"

"응."

내가 서주연이 친누나라고 밝히자, 이태리의 두 눈에 잠시떠올랐던 경계심이 싹 사라졌다.

"처음 뵙겠습니다. 저는 진우 친구 이태리라고 합니다."

"아, 네. 저는 진우 누나 서주연이라고 해요."

"진우를 닮아서 미인이시네요."

"어머, 감사합니다."

이태리와 대화를 나누던 서주연이 내게 작은 목소리로 물었다.

"여자 친구야?"

"아니."

"그럼 무슨 사이야?"

"그냥… 친구야."

내가 그냥 친구 사이라고 대답하자, 서주연이 다시 물었다.

"까였지?"

"까이다니. 무슨 소리야?"

"고백했다가 까인 거, 맞지?"

"왜 그렇게 판단한 거야?"

"네가 오르기엔 너무 높은 나무인 것 같아서."

이태리가 대단한 미인이긴 했다.

그러나 서주연의 추측은 틀렸다.

"반대야."

"반대… 라니?"

"내가 거절했어."

"방금 뭐라고 했어?"

"내가 고백을 거절했다고."

"왜?"

"내 스타일이 아니거든."

오히려 내가 고백을 거절했다는 사실을 알려 주자, 서주연이 입을 쩍 벌렸다.

"너, 미쳤어?"

"정신 멀쩡하거든."

"그런데… 저렇게 예쁜 사람이 고백했는데 거절했다고?"

"응."

"혹시… 집안이 별로야?"

"우리 집보다 잘살아. 풍산건설 대표의 외동딸이거든."

"방금… 풍산건설이라고 했어?"

"그래."

"너, 진짜 미쳤구나."

쫘악!

누나가 내 등을 소리 나게 때린 순간이었다.

웅성웅성.

주점 주변이 술렁이기 시작했다.

"공대 여신이다."

"공대 여신이 경영학과 주점에는 왜 찾아온 거야?"

"아, 진짜 축제다, 축제."

그리고 주점 주변이 술렁인 이유는 유승아가 등장했기 때문이었다.

"합석해도 될까요?"

유승아는 내가 아닌 서주연에게 합석 여부를 물었다.

"네. 그러세요."

서주연이 홀린 듯 대답하자, 유승아가 맞은편에 앉았다.

"술 한잔 사 줘."

그리고 다짜고짜 술을 사 달라는 유승아에게 내가 뚱한 표정을 지었다.

"제가 왜요?"

"나한테 빚졌잖아."

"빚… 이요?"

"설운범 교수님 만날 수 있도록 해 준 것, 벌써 잊었어?"

만약 유승아가 발 벗고 나서서 도와주지 않았다면 난 설운범 교수를 만나지 못했을 것이었다.

그랬다면 즉석 밥 개발에도 차질이 발생했을 것이었고.

"한잔 사죠."

유승아에게 빚을 졌던 것이 사실이었기에 내가 콜을 외친 순간 그녀가 서주연에게 고개를 돌렸다.

"진우 누나시죠?"

"네? 네. 그런데 어떻게 아셨어요?"

"많이 닮았거든요."

"그런… 가요?"

서주연은 놀란 표정으로 고개를 갸웃했다.

그러나 난 방금 유승아가 거짓말을 했다는 사실을 이미 눈치챘다.

내게 흥미를 느낀 유승아가 나에 대해서 조사를 하는 것은 어려운 일이 아니었다.

그래서 누나의 사진을 이미 본 적이 있기에 단번에 알아본 것이었다.

"인사가 늦었네요. 유승아라고 합니다."

"아, 네. 서주연입니다. 그런데 진우와는 어떤 사이세요?"

"들이대는 중이에요."

"네?"

"진우에게 호기심이 생겨서 열심히 대시하는 중인데… 여지를 잘 안 주네요."

유승아가 말을 마친 순간, 서주연이 내게 고개를 돌렸다.

"너… 너……."

"또 왜?"

"사람이 달라 보인다."

"누나 동생 맞거든."

내가 픽 웃으며 대답한 순간, 이태리도 기회를 놓치지 않고 빈자리에 앉았다.

"언니, 저도 한잔 주세요."

"언니?"

"진우 누나니까 저한텐 언니죠."

"그래요, 한잔 받아요."

간단한 안주 몇 개를 시킨 후, 세 여인이 본격적으로 술을 마시기 시작했다. 그리고 이태리와 유승아가 함께 있다는 소문이 퍼져서일까.

경영학과 주점에는 시간이 흐를수록 점점 더 많은 손님들이 몰려들었다.

그 손님들의 대부분은 남학생.

또 내게 은연중에 적의를 드러내고 있다는 것이 공통점이었다.

'불편하다, 불편해!'

딱 우려했던 상황이 도래했기에 내가 한숨을 내쉬고 있을 때였다.

"태리야!"

단발머리 여대생이 가쁜 숨을 몰아쉬며 우리가 술을 마시는 탁자로 다가왔다.

"진주야, 무슨 일이야?"

"회장 오빠가 찾아."

"주형 오빠가 날 찾는다고? 무슨 일인데?"

"그게… 펑크가 날 것 같대."

"펑크… 라니?"

"학생회에서 우승진을 초대 가수로 섭외했잖아. 그런데 우승진이 탄 차량이 지방에서 올라오는 길에 사고가 났대. 큰 사고는 아닌데… 병원에 가야 해서 오늘 참석하지 못할 것 같다고 연락이 왔어."

'총학생회 임원이었어?'

뒤늦게 이태리가 학생회 임원이란 사실을 깨닫고 내가 놀랐을 때, 서주연이 낭패한 표정을 지었다.

"그럼 우리 승진 오빠 못 보는 거야?"

서주연이 한국대학교 축제에 찾아온 목적은 우승진의 공연을 보는 것.

그런데 그 계획이 무산될 위기에 처한 탓에 아쉬워하는 기색이 역력했다.

"아무래도 급히 다른 초대 가수를 섭외해야 할 것 같은데… 혹시 가능한지 너한테 물어보래."

"잠깐만 기다려 봐."

전후 사정을 모두 들은 이태리가 난감한 표정으로 휴대 전화를 집어 들었다.

"최 이사님, 저 태리예요. 잠깐 통화 가능하세요? 다름이 아니라……."

그리고 누군가와 통화를 하던 이태리의 표정이 어두워졌다.

"그래요? 일단 알겠습니다. 다른 방법을 찾아볼게요."

생각처럼 일이 풀리지 않아서일까.

통화를 마친 후 초조한 기색이던 이태리가 도움을 청하듯 유승아를 바라보았다.

"왜 날 봐?"

그 시선을 느낀 유승아가 물었다.

"요즘 전국 대학교들이 다 축제 기간이라 대타로 섭외할 수 있는 가수를 구할 수가 없대요. 언니가 좀 도와주시면 안 돼요?"

"안 돼."

이태리의 부탁을 유승아는 딱 잘라 거절했다.

"일개 대학생에 불과한 내가 무슨 수로 널 돕겠어?"

그리고 유승아가 덧붙인 말.

구룡그룹 유명석 회장의 막내딸이란 신분이 드러나는 것을 원치 않는다는 의미가 담겨 있었다.

이태리도 눈치가 아주 꽝은 아니었다.

유승아의 도움을 받는 것이 불가능하단 사실을 깨닫고 내게로 고개를 돌렸다.

"진우야, 네가 좀 도와주면 안 돼?"

"나?"

"영화 제작 일을 하니까 연예계 쪽에 인맥이 좀 있을 것 아냐?"

이태리는 아직 나에 대해서 아는 게 많지 않았다.

내가 연예 기획사 '블루윈드'의 최대 지분 보유자이고, JK미디어의 이사라는 것을 그녀는 알지 못했다.

"내가 도울 이유가 없잖아?"

난 한국대 총학생회와는 아무런 연관이 없다.

그래서 도울 이유가 없다고 대답하자, 이태리가 서운한 표정으로 소리쳤다.

"내가 네 생명의 은인이잖아. 만약 내가 돕지 않았다면 넌 그때 납……."

일단 손을 뻗어서 이태리의 입을 틀어막았다.

내가 납치된 적이 있다는 사실을 가족들은 전혀 몰랐다.

그런데 서주연이 납치 소식을 듣게 된다면 가족들에게 그 소식이 금세 다 알려질 것은 불 보듯 뻔했다.

그래서 이태리의 입을 틀어막은 내가 억울한 표정을 지었다.

그녀가 한 일은 경찰에 신고한 것이 전부였다. 그러니 생명의 은인이라는 표현은 가당치도 않았기 때문이었다.

'이태리의 입을 다물게 하려면 도와줘야 하나?'

내가 잠시 후 고민을 끝내고 입을 뗐다.

"입 꽉 다물고 기다려."

"도와주겠다는 뜻이야?"

"그래, 단, 생명의 은인이니 하는 이상한 소리를 계속 떠들면 국물도 없어."

이태리가 힘껏 고개를 끄덕이는 것을 확인한 내가 박준용에게 전화를 걸었다.

"여보세요?"

"서진우입니다."

"서 이사님이시군요. 오랜만에 전화 주셨네요."

"지금 바쁘세요?"

"지금… 이요? 딱히 바쁠 일은 없습니다."

"그럼 한국대학교에서 공연 좀 해 줄 수 있을까요?"

"네?"

"원래 섭외된 초대 가수가 지방에서 서울로 올라오는 중에 교통사고가 나서 펑크가 났다고 하네요. 그래서 박준용 씨를 떠올렸습니다."

"대타로 공연하란 뜻인가요?"

자존심이 상한 걸까.

박준용의 목소리는 떨떠름했다.

그 떨떠름한 목소리를 들은 내가 말했다.

"이렇게 공연할 수 있는 기회가 찾아온 게 어딥니까? 박준용이 아직 죽지 않았다는 것을 한번 보여 주시죠."

"하지만……."

"자존심보다는 실리죠. 슬슬 복귀 준비도 하셔야 하는 입장인데 예열 작업 한 번 하는 게 좋지 않겠습니까?"

잠시의 시간이 흐른 후 박준용이 말했다.

"조건이 있습니다."

"조건… 이요?"

"저 말고 한 명이 더 공연할 수 있는 기회를 제공하겠다는 약속을 받아 주십시오."

"갑자기 왜……."

"아까 서 이사님이 자존심보다는 실리라고 말씀하시지 않았습니까? 꼭 무대에 올려서 소개하고 싶은 후배가 있습니다."

'누구지?'

호기심이 치민다.

그러나 더 캐묻는 대신 일단 이태리에게 박준용이 내건 조건을 수용할 수 있는가에 대해서 질문했다.

"가능해요."

선택의 여지가 없는 상황이기 때문일까.

총학생회장과 통화한 이태리는 바로 가능하다고 대답했다.

"그 조건을 수용하겠다고 합니다."

"그럼 준비해서 바로 출발하겠습니다."

박준용과 통화를 마치고 다시 주점으로 돌아가려다가 멈칫했다.

"이거… 좋은 기회가 될 수도 있겠는데?"

박준용이 대중들에게 꼭 소개하고 싶은 후배 가수가 있다고 말하는 것을 듣고 나니, 나도 소개하고 싶은 가수가 떠올랐다.

아니, 아직은 가수가 아니었지만, 그의 뛰어난 노래 실력을 대중들에게 자랑하고 싶다는 욕심이 생겼다고 표현하는 게 정확했다.

그래서 내가 다시 전화를 걸었다.

*　　　　*　　　　*

"추웅성!"

불편함을 감수한 채로 주점에서 자리를 지키고 있을 때, 기합이 잔뜩 들어간 경계 소리가 울려 퍼졌다.

'왔구나!'

그 방향으로 고개를 돌린 내 눈에 이창성의 모습이 들어왔다.

"어서 오세요."

내가 옆자리를 권하며 인사를 건넸다.

"갑자기 연락드려서 죄송합니다."

"아닙니다. 서진우 님께서 연락을 다 주시니 가문의 영광입니다. 이렇게 불러 주셔서 진심으로 감사드립니다."

잔뜩 상기된 목소리로 말하던 이창성이 두 눈을 동그랗게 떴다.

"혹시 배우분들입니까?"

유승아와 이태리의 미모에 놀란 표정을 짓던 이창성이 물었다.

"한국대 재학 중인 학생들입니다."

"한국대에 이렇게 대단한 미인분들이 계실 줄은 꿈에도 몰랐습니다. 이렇게 미인분들이 많은 줄 알았다면 저도 공부를 열심히 해서 한국대에 입학할 걸 그랬습니다."

이창성의 너스레에 유승아와 이태리가 싫지 않은 기색으로 실소를 흘렸다.

"그리고 이쪽은 제 누나 서주연입니다."

"서진우 씨의 친누님이십니까?"

"네."

"이렇게 만나 뵙게 돼서 영광입니다. 저는 배우 지망생 이창성이라고 합니다."

"서주연이에요."

이창성과 인사를 나눈 서주연이 내게 작은 목소리로 물었다.

"왜 저렇게 너한테 깍듯한 거야?"

"원래 인사성이 밝아."

"그래도 좀 과한 것 같은데?"

고개를 갸웃하던 서주연이 다시 물었다.

"그런데 여긴 왜 부른 거야?"

"다 이유가 있어."

"무슨 이유?"

"두고 보면 알아."

내가 대답을 피했을 때, 다시 주점이 술렁이기 시작했다.

"박준용이다."

"박준용이 왜 여기 온 거야?"

"와아, 실물이 더 못생겼다."

박준용이 등장했기 때문이었다.

"어려운 부탁 들어주셔서 감사합니다."

"다른 사람 부탁도 아니고 서 이사님 부탁인데 들어드려야죠."

"술 한잔 대접하고 싶지만, 공연을 앞두고 있으니까 나중으로 미루죠."

"알겠습니다."

"참, 아까 말씀하신 후배 가수는 같이 안 왔습니까?"

"네, 아직 도착 안 했습니다. 택시 타고 오라고 했는데 아무래도 버스를 탄 것 같습니다. 그래도 늦지 않게 도착할 겁니다. 그럼 전 바로 공연 준비를 해야 해서 먼저 가 보겠습니다."

"알겠습니다. 기대하겠습니다."

"서 이사님이 제 공연을 지켜보신다고 생각하니 벌써 긴장되네요. 최선을 다하겠습니다."

박준용이 총학생회 임원들과 함께 공연 준비를 하기 위해서 떠났다.

"우리도 슬슬 가 볼까요?"

나도 이만 술자리를 파하자고 제안했다.

"벌써?"

서주연은 아쉬운 기색이었다. 그러나 난 고집을 꺾지 않았다.

좀 일찍 술자리를 파해야 할 이유가 있어서였다.

초대 가수들의 공연이 열릴 장소로 찾아가자, 이미 꽤 많은 한국대 학생들과 공연을 구경하기 위해서 찾아온 사람들이 모여 있었다. 그리고 무대 위에서는 노래 자랑 행사가 열리고 있었다.

"우리의 만남이 우리의 이별이 가슴을… 아프게 만들어서 난 오늘도 잠을… 못 이룬다."

"에이!"

"우우!"

고음 파트에서 여러 차례 삑사리를 낸 노래 자랑 행사 참가자가 노래를 마친 순간, 실망한 관객들이 야유를 쏟아 냈다.

사회자가 무대 위로 올라와 한숨을 내쉬었다.

"최선을 다해서 노래를 불렀다는 점은 인정합니다. 그런데 이 분위기는 대체 어쩔 겁니까? 관객분들이 점점 실망하고 지루해하고 있습니다. 이대로는 안 되겠다는 생각이 들어서 사회자인 제 재량으로 특별 게스트를 모시겠습니다. 한국대 재학생이 아니어도 됩니다. 어느 누구라도 좋으니까 다 죽어 가고 있는 지금 이 분위기를 심폐 소생 해 주실 실력자분을 급히 구합니다. 자, 내가 분위기를 살려 낼 자신이 있다. 자신이 있는 분은 지금 바로 무대 위로 올라오세요."

사회자가 말을 마친 후, 관객들을 살폈다.

수백 명이 모여 있었지만, 무대로 선뜻 올라가는 관객은 없었다.

"아, 대한민국 최고 대학인 한국대에 이렇게 인재가 없습니까? 정녕 이 분위기를, 그리고 저를 살려 주실 분이 아무도 없단 말입니까?"

사회자가 간절하게 도움을 요청한 순간, 내가 옆에 서 있던 이창성을 바라보았다.

"이창성 씨가 한번 나가 보시죠."

"저요?"

"네, 이 분위기를 살릴 수 있는 적임자란 생각이 들거든요."

내 제안을 받은 이창성은 당황한 기색으로 손사래를 쳤다.

"제가 노래 부르는 걸 좋아하긴 하지만… 이렇게 많은 사람들 앞에서 부를 정도의 실력은 아닙니다."

'주제 파악 못 하네.'

그 대답을 들은 내가 속으로 생각했다.

노래 실력 하나로 한때 대한민국 가요계를 평정했던 인재가 바로 이창성이었다.

그런데 사람들 앞에서 부를 정도로 본인의 노래 실력이 뛰어나지 않다고 말하니 주제 파악을 못 하는 셈이었다.

"그래도 한번 나가 보시죠."

"왜……?"

"많은 사람들 앞에 서는 것도 배우에게 중요하죠. 그리고 이렇게 많은 사람들 앞에 설 수 있는 기회는 흔치 않죠. 연습이라 생각하고 한번 나가 보세요."

"하지만……."

"'블루윈드' 최대 지분 보유자가 저라는 걸 잊으신 건 아니죠?"

난 무조건 이창성을 무대 위로 올릴 생각이었다.

그래서 '블루윈드' 최대 지분 보유자란 점을 강조하자, 이창성이 더 버티지 못하고 제안을 수락했다.

"알겠습니다."

그리고 이창성이 무대로 뛰어 올라가자 사회자가 반색했다.

"드디어 죽어 가는 분위기를 살리기 위해서 용기 있는 분이 무대에 오르셨습니다. 우선 용기를 내주셔서 감사드립니다. 자기 소개부터 해 주시죠."

"저는 배우 지망생 이창성이라고 합니다."

이창성이 배우 지망생이라고 밝히자, 관객들이 흥미로운 시선을 던지기 시작한다.

"이 분위기 살릴 자신이 있으신 거죠?"

"최선을 다해 보겠습니다."

이창성이 마이크를 건네받은 후 감정을 잡기 시작한다.

잠시 후 전주가 흐르기 시작하고, 이창성이 첫 소절을 불렀다.

"한참을 찾아가지 않았던 그곳 너머엔……."

*　　　　*　　　　*

"이 자식은 왜 이렇게 안 오는 거야?"

박준용이 초조한 기색을 감추지 못했다.

공연 시작 시간이 거의 다 됐음에도 장지훈이 도착하지 않았기 때문이었다.

전화를 걸어서 지금 어디냐고 묻고 싶지만, 장지훈은 휴대 전화도 없었다.

"시간을 조금 더 끌어 주세요."

그래서 박준용은 사회자에게 시간을 더 끌어 달라고 부탁했다.

"사회자인 제 재량으로 특별 게스트를 모시겠습니다. 한국대 재학생이 아니어도 됩니다. 어느 누구라도 좋으니까 다 죽어 가는 분위기를 살려 주실 실력자분을 급히 구합니다. 자, 내가 분위기를 살릴 수 있다. 자신 있는 분은 지금 바로 무대 위로 올라오세요."

그 부탁을 들은 사회자는 원래 예정에 없던 참가자를 급구하면서 시간을 끌기 위해서 최선을 다했다.

'누구든 좀 나와라.'

박준용의 간절한 바람이 통했다.

"드디어 죽어 가는 분위기를 살리기 위해서 용기 있는 분이 무대에 오르셨습니다. 우선 용기를 내주셔서 감사드립니다. 자기 소개부터 해 주시죠."

"저는 배우 지망생 이창성이라고 합니다."

"이 분위기 살릴 자신이 있으신 거죠?"

"최선을 다해 보겠습니다."

박준용의 입장에서는 누구든 상관이 없었다.

그저 장지훈이 도착할 때까지 시간만 끌어 주면 되는 것이었으니까.

그때 노래 자랑 행사 참가자인 이창성의 노래가 시작됐다.

"한참을 찾아가지 않았던 그곳 너머엔 예전 그 모습 그대로 네가 서 있을 것 같아."

별 기대 없이 노래를 듣던 박준용이 흠칫 놀랐다.

"잘하잖아?"

긴장해서일까.

살짝 목소리가 떨리긴 했지만, 담담하게 첫 소절을 시작하는 목소리는 안정적이었고 감정이 실려 있었다.

"그리워하면 그리워할수록, 넌 더 먼 곳으로 떠나 버려. 다시는 찾을 수도 잡을 수도 없는 아주 먼 곳으로."

그리고 1절이 끝난 순간, 박준용은 더 참지 못하고 초대 가수 대기실로 마련된 천막을 빠져나왔다.

절제된 감정이 담긴 호소력 짙은 목소리에 매료된 걸까.

관객들은 무대 위에 서서 노래하는 이창성에게서 시선을 떼지 못한 채 오롯이 집중하고 있었다.

그리고 박준용은 이창성에게서 묘한 동질감을 느꼈다.

"내 과야!"

이창성의 외모가 꽃미남과는 한참 거리가 멀었기 때문이었다.

"고음에서 조금만 더 터뜨리면 완벽할 것 같은데."

2절을 부르기 시작하는 이창성을 바라보며 박준용이 혼잣말을 꺼냈을 때였다.

"선배님, 저 왔습니다."

장지훈이 도착해서 인사했다.

"너, 택시 안 타고 버스 탔지?"

"그게… 죄송합니다."

"됐고, 빨리 준비해."

"네? 네."

원래 계획은 자신의 지시를 거스르고 버스를 타고 온 장지훈에게 잔뜩 잔소리를 늘어놓는 것이었다.

그렇지만 잔소리를 짧게 하고 마친 이유는 이창성의 노래를 듣고 싶어서였다.

그사이에도 이창성의 노래는 이어졌다.

"그리워하면 그리워할수록, 넌 더 먼 곳으로 떠나 버려. 다시는 찾을 수도 잡을 수도 없는 아주 먼 곳으로."

그리고 이창성은 마치 자신의 주문을 듣기라도 한 것마냥 2절에서 감정을 끌어올리며 고음을 완벽하게 소화해 냈다.

"어지간한 가수보다… 훨씬 낫네."

박준용이 감탄했을 때, 이창성이 노래의 하이라이트 부분에 진입했다.

"시간이 흐르면 흐를수록 널 더 그리워하고, 그 시간의 흐름 속에서 난 길을 잃어버린 미아로 남아. 나는 어디로 가는 걸까."

이창성이 노래를 마친 순간, 박준용이 입을 쩍 벌렸다.

"미쳤다."

짙은 감정과 호소력이 담긴 목소리에 폭발적인 고음까지.

어느 한 군데 흠잡을 곳이 없는 완벽한 가창력이었기 때문이었다.

"와아!"

"와아아!"

관객들도 노래를 마친 이창성에게 엄청난 환호를 보냈다.

"노래 진짜 잘하네요."

그때 장지훈이 말했다.

그제야 장지훈이 자신의 옆에 서 있다는 사실을 깨달은 박준용이 물었다.

"너, 왜 여기 있어? 아까 빨리 무대 준비하라고 했잖아?"

"저도 모르게 그냥 멍하니 서 있었습니다."

"응?"

"끝까지 듣고 싶어서요."

"잘하긴 하지?"

"끝내주는데요."

장지훈이 엄지를 추켜올리는 것을 확인한 박준용이 웃으며
말했다.

"우리 과야."

"우리 과라니요?"

"외모가 아니라 실력으로 승부하는 과란 뜻이지."

박준용이 설명을 마친 순간, 장지훈이 억울한 표정을 지었
다.

"저는 빼 주시죠."

"왜?"

"저는 외모도 괜찮으니까요. 나중에 성공하면 연기도 할 겁
니다."

"야! 주제 파악 제대로 안 해? 너도 우리 과야."

"아니라니까요."

"네가 연기자로 성공하면 내가 손에 장을 지진다."

박준용이 엄포를 놓은 후 재차 한숨을 내쉬었다.

"저 녀석에게 밀리지 않으려면 우리 진짜 열심히 해야겠다."

*   *   *

하아, 하아.

무대를 마친 박준용이 가쁜 숨을 몰아쉬었다.

'이거지!'

오랜만에 다시 많은 사람들이 지켜보는 가운데 무대에 서서 춤을 추고 노래를 부르니 세포가 깨어나는 느낌이었다.

마음 같아서는 한 곡을 더 부르고 싶었지만, 박준용은 그 욕심을 눌렀다.

후배인 장지훈에게 무대에 설 수 있는 기회를 주기 위해서였다.

"여러분, 꿩 대신 닭으로 무대에 선 박준용입니다. 우승진 대신 제가 와서 실망하신 분들도 계실 것 같은데… 그 아쉬움을 날려 드리기 위해서 제가 아주 실력 있는 신인 가수를 데려왔습니다. 소개합니다. 장지훈입니다."

박준용이 소개를 마치자 장지훈이 쭈뼛거리며 무대 위로 등장했다.

'내 첫 번째 작품!'

그런 장지훈에게 박준용이 따스한 시선을 던졌다.

"하고 싶은 것들 마음껏 해 보십시오."

JK미디어와 전속 계약을 맺을 당시, 서진우가 건넸던 이야기였다.

그 말에 용기를 얻어 박준용은 신인 가수를 키우는 작업을 시작해 보기로 결정했다. 그리고 박준용이 비밀리에 공들여 키운 신인 가수가 바로 장지훈이었다.

"가수가 되고 싶습니다."

무작정 자신을 찾아와서 가수가 되고 싶다고 말하던 장지훈의 첫인상은 별로였다.

'내 과야!'

외모가 별로라 상품성이 떨어진다는 판단을 내렸기 때문이었다.

그래서 가수라는 꿈을 빨리 포기하고 더 늦기 전에 다른 일을 찾아보라고 조언하며 돌려보냈었다.

하지만 장지훈은 끈질겼다.

하루도 빼놓지 않고 자신을 찾아왔다. 그리고 집념을 넘어 독기라고 표현해도 될 정도로 노력했다.

댄스 연습 도중 자신이 지적했던 부족했던 부분을 고치기 위해서 밥도 먹지 않고 하루 내내 연습실에 틀어박혀 있던 장지훈의 독기는 박준용도 혀를 내두르게 만들었다.

결국 그 독기와 성공에 대한 집념에 반해서 장지훈을 받아들였다.

그리고 오늘이 장지훈을 세상에 선보이는 첫 번째 자리.

"잘해라."

"네."

"오늘 이 무대에 네 인생이 걸렸다."

툭툭.

가볍게 어깨를 두드려 준 후, 박준용이 먼저 무대를 내려왔다. 그리고 강렬한 비트의 전주가 흘러나오기 시작한 순간, 장지훈이 허공으로 오른팔을 높이 들어 올렸다.

＊　　　　＊　　　　＊

"장지훈이 누구야?"

"처음 들어 보는데?"

"가수 맞아?"

박준용이 장지훈을 소개하자 관객들이 의아함을 드러냈다. 그리고 피날레 무대를 장식하는 게 이름조차 생소한 신인 가수란 사실을 알고 나서 실망한 기색이 역력했다.

'장지훈?'

그리고 관객석 한편에서 공연을 지켜보던 내가 고개를 갸웃했다.

장지훈이라는 이름이 무척 낯이 익은데 어디서 들어봤는지 기억이 나지 않아서였다.

콰가강!

그때 굉음처럼 강렬한 비트가 시작됐다.

그 강렬한 비트에 맞춰서 무대 위에 혼자 서 있던 장지훈이 댄스를 추기 시작했다.

"후웁, 후웁!"

거친 숨소리를 뿜어내면서 펼치는 댄스는 강렬했다. 그리고 장지훈의 정체를 떠올리는 데 노래는 필요 없었다.

강렬함과 섹시함이 공존하는 댄스면 충분했다.

"스톰이었구나."

박준용이 탄생시킨 1호 가수가 스톰.

그리고 스톰의 본명이 장지훈이었다는 사실을 떠올리는 데 난 성공했다.

'엄청나네!'

무대는 넓었다.

그렇지만 급하게 잡힌 공연인 터라, 그 흔한 백댄서도 없이 장지훈은 너른 무대 위에 혼자 서 있었다.

하지만 무대 위에 혼자 서 있는 그의 모습이 어색해 보이지도, 외로워 보이지도 않았다.

압도적인 카리스마를 발산하며 단신으로 넓은 무대를 꽉 채우고 있었다.

그리고 장지훈이 내뿜는 카리스마에 냉소적인 시선을 던지던 관객들의 반응도 서서히 바뀌기 시작했다.

무대를 휘젓고 있는 장지훈에게서 잠시도 시선을 떼지 못한 채 호응을 시작했다.

'끝났네!'

내가 속으로 생각했을 때였다.

"멋있다, 사람이 어떻게 저렇게 멋있을 수가 있는 거야."

이태리가 반쯤 넋이 나간 표정으로 무대에 서 있는 장지훈을 바라보면서 감탄사를 내뱉기 시작했다.

'맞다, 두 사람은 훗날 부부가 되지.'

세기의 커플이라고 표현될 정도로 장지훈과 이태리의 결혼은 화제가 됐다.

물론 이번 생에도 두 사람이 부부의 연이 이어지는가 여부는 확실치 않았다.

내가 알고 있던 미래와는 조금씩 다른 방향으로 미래가 흘러가는 것을 이미 경험했기 때문이었다.

'이들은 어떻게 될까?'

호기심이 치밀어 오르지만 지금은 답을 알 수 없었다. 그래서 난 더 깊이 고민하는 대신 장지훈이 퍼포먼스를 펼치고 있는 무대를 향해 시선을 던졌다.

스톰의 데뷔 무대를 보는 기회를 놓치기 싫어서였다.

Chapter. 4

축제는 밤늦게까지 이어졌다. 그리고 난 뒤풀이 자리를 마련했다.

"고생하셨습니다."

무리한 부탁을 했음에도 기꺼이 그 부탁을 수락해 준 박준용에게 난 감사 인사를 건넸다.

"오히려 제가 감사합니다. 덕분에 무대에 설 수 있는 기회를 얻었으니까요."

박준용의 표정과 목소리는 잔뜩 상기되어 있었다.

아끼는 신인 가수 장지훈이 기대 이상의 데뷔 무대를 펼쳤기 때문이리라.

"서 이사님, 언제부터 공연장에 계셨습니까?"

"그건 왜 물으시는 겁니까?"

"혹시 노래 자랑 행사 마지막에 등장한 참가자의 노래를 들어 보셨는가 해서요."

'이창성을 말하는 거구나.'

박준용이 이창성에게 관심을 갖고 있다는 사실을 알아챈 내가 웃으며 말했다.

"노래 참 잘하더군요."

"들으셨군요."

"네."

"솔직히 말씀드리면 깜짝 놀랐습니다. 어지간한 현직 가수들보다도 훨씬 노래를 잘하더라고요."

박준용이 상기된 목소리로 이창성에 대해서 평가한 순간, 내가 고개를 갸웃했다.

"이상하네요."

"왜 이상하단 겁니까?"

"박준용 씨는 별로 좋아하지 않을 줄 알았거든요."

오디션 프로그램 심사 위원으로 참가해서 공기를 무척 강조하던 박준용이 떠올라서 내가 픽 하고 실소를 흘렸을 때였다.

"제가 싫어할 이유가 뭐가 있겠습니까? 오히려 욕심이 났습니다."

"욕심이라면……?"

"당장 데뷔해도 손색이 없을 정도로 노래 실력이 뛰어났으니까요."

"성공하긴… 힘들지 않을까요?"

"네? 왜 그렇게 판단하신 겁니까?"

"외모 때문에요."

이창성은 꽃미남과는 한참 거리가 멀다.

키도 큰 편이 아니고.

그 점을 내가 지적하자, 박준용이 발끈했다.

"외모가 뭐가 중요합니까? 가수는 노래 실력이 중요하죠."

"제가 잘못했습니다. 그런데… 왜 그렇게 화를 내십니까?"

"그거야……"

"데뷔를 서두르시죠."

내가 데뷔를 서두르자고 말하자, 박준용이 아쉬운 기색을 지었다.

"어떻게 찾아야 할시……"

"제가 압니다."

"네?"

"아까 노래 자랑도 제가 제안해서 참가했던 거고요."

내가 이창성과 아는 사이라는 사실을 뒤늦게 알게 된 박준용이 반색했다.

"연락처를 좀 알려 주십시오."

"그거야 어렵지 않죠."

박준용에게 이창성의 연락처를 알려 주는 사이 희미한 미소를 머금었다.

'잘하고 있네.'

내가 신경을 못 썼음에도 박준용이 일 처리를 잘하고 있다는 사실을 깨달아서였다.

'하긴 원래 능력 있는 가수이자 제작자였으니까.'

내가 속으로 생각할 때 박준용이 상기된 표정으로 말했다.

"이제 JK미디어의 이름이 세상에 널리 알려질 날이 머지않은 것 같습니다."

*   *   *

"후우!"

김기철이 긴장을 몰아내기 위해서 크게 심호흡을 한 후 차장 검사실 문을 노크했다.

"들어와!"

이청솔 차장 검사의 목소리를 듣고 김기철이 문을 열고 안으로 들어섰다.

"어서 와."

이청솔은 부장 검사도 아닌 차장 검사.

그런 그가 일개 수사관인 자신을 따로 부른 탓에 김기철이 잔뜩 긴장한 채 질문했다.

"무슨 일로 찾으셨습니까?"

"부탁이 있어서 불렀어."

'부탁? 무슨 부탁이지?'

이청솔의 대답을 들은 김기철이 여전히 긴장을 늦추지 못하고 있을 때였다.

"부탁이라고 말하니까 더 부담스러워하는 것 같군. 그럼 지시라고 하지."

"뭐든지 지시하십시오. 최선을 다하겠습니다."

"내일 연차를 내."

"네?"

"말귀 못 알아들었어? 내일 하루 연차를 내라고."

예상치 못했던 지시 사항이었기에 김기철이 내심 당황하며 대답했다.

"알겠습니다."

"그런데 일온 해아 해."

"네?"

"연차를 내긴 하는데 공식적으로 연차 처리는 안 될 거야. 내가 커트시킬 테니까."

"······?"

"동재가 나중에 알면 지랄할 것 같아서 꼼수를 쓰는 거라고. 이제 내 말뜻, 이해했어?"

김기철이 모시고 있는 평검사 조동재는 성격이 불같은 면이 있었다.

불합리한 처사나 상식에 어긋나는 일이라고 판단하면 꼭지
가 돌아서 지위 고하를 막론하지 않고 들이받을 정도로.

그리고 이청솔은 그 점을 우려하고 있었다.

'조 검사님이 알면 난리 칠 일이 대체 뭐지?'

김기철의 머릿속이 분주히 돌아갈 때였다.

"내일 오전 8시에 집 앞에서 기다려. 그럼 사람이 찾아갈
거야. 그 사람과 자정까지 함께 지내는 게 자네가 할 일이야."

"하루 종일 같이 붙어 있으란 뜻입니까?"

"맞아."

"그 사람이 누굽니까? 사건 용의자입니까? 그리고 같이 붙
어 있으면서 제가 뭘 하면 됩니까?"

"하나씩 물어봐. 정신 사나우니까."

"죄송합니다."

"같이 붙어 있으면서 자네가 뭘 하면 되느냐고 물었지? 나
도 몰라."

"네?"

"나도 모른다고."

김기철이 황당한 표정을 지었을 때, 이청솔이 다시 입을 뗐
다.

"그리고 누구냐고 물었지? 사건 용의자는 아냐. 음, 어떻게
설명하면 좋으려나."

잠시 고민하던 이청솔이 설명했다.

"탐정 비스무리하다고 생각하면 돼."

"탐정… 이요?"

탐정은 추리 소설에 자주 등장하는 용어.

그렇지만 한국에는 탐정이란 직업이 없었다. 그리고 검찰 수사관인 자신에게 탐정 비스무리한 사람과 함께 일하라는 이청솔의 제안은 김기철을 당혹스럽게 만들기에 충분했다.

"설명은 여기까지."

그렇지만 김기철은 더 질문할 수 없었다.

이청솔이 손을 들어 올리며 더 이상의 질문은 받지 않는다고 선언했기 때문이었다.

"이거 받아."

잠시 후 이청솔이 봉투 하나를 내밀었다.

"이게 뭡니까?"

"휴가비."

"네? 좀 전에 분명히 휴가 처리가 안 된다고……."

"동재가 분명히 물어볼 거야."

"……?"

"그럼 나한테 금일봉 받았다고 대답해."

"알겠습니다."

"이만 나가 봐."

"네."

김기철이 제대로 의문을 풀지 못한 채 사무실로 돌아가자마자, 조동재가 기다렸다는 듯 질문했다.

"김 수사관, 차장 검사님이 불렀다면서?"

"네? 네."

"왜 부른 거야?"

'귀신같네!'

이청솔의 예측이 정확히 적중한 것으로 인해 김기철이 속으로 혀를 내두르면서 아까 받은 봉투를 꺼내서 흔들었다.

"금일봉 주시던데요."

"금일봉? 왜 금일봉을 하사하신 건데?"

"일 잘해서 주신다고 하시던데요."

"그럼 나는? 김 수사관한테 주면 나한테도 줘야 할 것 아냐?"

"저야 모르죠."

"와, 또 사람 열받게 만드네."

"그렇게 억울하시면 찾아가서 들이받으시든가요."

"진짜 한번 들이받아?"

시근덕대는 조동재에게 김기철이 말했다.

"참, 내일 휴가 씁니다."

"갑자기 휴가를 쓴다고? 왜?"

"이거 써야죠."

김기철이 금일봉이 든 하얀 봉투를 흔들며 대답한 후 덧붙였다.

"차장 검사님 특별 지시 사항입니다."

"진짜 뚜껑 열리네."

콧김을 씩씩 내뿜던 조동재가 사무실 문을 벌컥 열어젖혔다.

"진짜 들이받으러 가시게요?"

"열받아서 담배 피우러 간다."

조동재가 쾅 소리가 나게 문을 닫고 사무실을 빠져나갔다.

책상 앞에 앉은 김기철이 휴가 신청서를 작성하기 시작했다.

*　　　*　　　*

다음 날 아침.

김기철이 오피스텔 앞에서 기다리고 있자, 검정색 각그랜저 한 대가 다가와 속도를 줄이며 멈춰 섰다.

조수석 창문을 내린 앳된 남자가 물었다.

"김기철 수사관님이시죠?"

"누구……?"

"오늘 하루 함께 지낼 서진우라고 합니다."

이청솔 부장 검사가 말한 사람이 서진우임을 직감적으로 알아챈 김기철이 각그랜저 앞으로 다가갔다.

"탈까요?"

"네, 타시죠."

'앤… 뭐지?'

조수석에 올라탄 김기철이 운전석에 앉아 있는 서진우의 앳된 얼굴을 힐끔거리며 살피고 있을 때였다.

"커피 사 뒀습니다. 드시죠."

"아, 감사합니다."

캔 커피를 건네받아 한 모금 마신 후 김기철이 물었다.

"차장 검사님과는 어떤 관계입니까?"

"선배님입니다."

"선배님이라면… 서진우 씨도 한국대학교 법학과를 졸업하신 겁니까?"

"아니요."

"하지만 좀 전에 분명 선배님이라고……."

"아직 졸업은 안 했습니다. 재학 중입니다."

'대학생?'

서진우가 아직 한국대 법대 재학생이란 사실을 알고 난 후, 김기철이 더욱 놀라며 다시 물었다.

"그런데 우린 오늘 뭘 하는 겁니까?"

"경호를 할 겁니다."

"경호요? 누굴 경호하는 겁니까?"

"제 지인입니다. 스토커가 괴롭힌다면서 저한테 도움을 요

청했는데 저 혼자서는 그 스토커를 감당하기 역부족일 것 같
아서요. 그래서 차장 검사님께 말씀드렸더니 김 수사관님을
보내 주신 겁니다."

"아, 네."

사소한 의문들이 몇 가지는 남았지만, 대충 상황을 파악하
기에는 충분한 설명이었다.

그래서 김기철이 고개를 끄덕인 순간, 서진우가 제안했다.

"아침 식사부터 할까요?"

*   *   *

'일단… 넘어갔네.'

조수석에서 꾸벅꾸벅 졸고 있는 김기철을 힐끗 살핀 내가
안도의 한숨을 내쉬었다.

한성 연쇄 살인 사건의 진범인 변춘제가 다음에 벌일 범행
시간과 장소를 알아내는 데 어렵게 성공했다.

그렇지만 아직 끝이 아니었다.

변춘제가 그 시각, 그 장소에서 추가 범행을 저지를 것을 미
리 알고 찾아가서 기다리다가 검거에 성공한다면, 분명히 의
구심을 품을 터.

그래서 고심을 거듭한 끝에 난 지인 경호라는 변명을 찾아
냈다.

만약 김기철이 의심을 품고 꼬치꼬치 캐물으면 거짓말이라는 게 금방 들통날 수도 있었다.

그렇지만 이청솔의 말처럼 김기철은 단순한 편이었다.

내 설명을 듣고 더 의심하는 대신 수긍했다.

그사이 내가 운전하는 차량이 화암동에 도착했다.

이미 이틀 전에 혼자서 사건이 발생할 화암동 굴다리를 찾아와서 주변 탐색을 한 후였다.

덕분에 잠복하기에 최적의 장소는 이미 봐 둔 상황.

차가 멈춰 섰음에도 알아채지 못하고 머리를 조수석 창문에 대고 코까지 골면서 자는 김기철을 깨우는 대신 난 의자에 등을 묻으며 각오를 다졌다.

"무슨 일이 있어도 꼭 잡는다."

*   *   *

딸깍.

변춘제가 담배에 불을 붙이고 폐부 깊이 빨아들였다.

"빨리 와라."

기다리는 시간이 길어졌지만, 조금도 지루하지 않았다.

오히려 사냥감을 기다리는 시간은 즐거웠다.

사냥감의 이름은 동미.

성은 몰랐다.

그리고 어차피 성이 뭔가는 중요치 않았다.

사냥감이 밤 열 시가 넘은 시각에 버스에서 내려서 집으로 걸어간다는 게 중요했다.

"후우!"

시커먼 허공에 뿌연 담배 연기를 뿜어낸 변춘제가 주머니 속에 손을 넣어 커터 칼을 꺼냈다.

"어떻게 죽일까?"

스타킹을 신고 오면 좋겠다고 변춘제가 속으로 생각하며 담배를 비벼 껐다.

저 멀리 도로에 시내버스가 들어오는 것을 확인했기 때문이었다.

"어여 와! 기다리고 있으니까."

날름.

커터 칼 칼날을 혀로 훑은 변춘제가 어둠 속에 몸을 숨긴 채 사냥감을 사냥할 준비를 마쳤다.

*   *   *

'휴가 맞네.'

김기철이 운전석에 앉아 있는 서진우를 힐끗 살핀 후 속으로 생각했다.

서진우는 특별한 지시 사항이 없었다.

그동안 한 일은 라디오를 들으며 조수석에 앉아서 잠을 자거나 노래에 귀를 기울이는 것이 전부.

휴가나 마찬가지란 생각을 하던 김기철이 어깨가 결리는 것을 느끼고 자세를 고쳐 앉았다.

'대체… 누굴 경호한다는 거지?'

잠시 후 김기철이 의아함을 느꼈다.

서진우는 아까 스토커로부터 신변 위협을 받고 있는 지인의 경호를 하고 있다고 밝혔다.

그런데 김기철은 밤 열 시가 다 돼가는 지금까지 서진우가 언급했던 지인의 모습을 본 적이 없었다.

'뭔가 이상해.'

이상한 상황이라고 판단한 김기철이 좀 더 자세히 물어볼 요량으로 운전석에 앉아 있는 서진우 쪽으로 고개를 돌렸다.

'어디서 봤더라?'

그런 김기철이 두 눈을 가늘게 좁혔다.

서진우의 옆모습이 왠지 낯이 익다는 생각이 들어서였다. 그리고 어디서 본 것인가를 계속 고민하던 김기철이 한참 만에 기억을 떠올리는 데 성공했다.

'이강희 폭행 사건 CCTV 영상에 등장했었던 남자와… 닮았어.'

술집에서 시비가 붙어서 곤경에 처한 이강희를 돕기 위해서 나섰던 CCTV 영상 속 남자와 서진우가 무척 닮았다는 사실을 뒤늦게 알아챈 김기철이 더 참지 못하고 질문했다.

"예전 이강희 폭행 사건 때……?"

하지만 김기철은 질문을 끝마치지 못했다.

덜컹.

서진우가 갑자기 차 문을 열고 내렸기 때문이었다.

'무슨 일이 생겼나?'

서진우의 돌발 행동을 확인한 김기철이 재빨리 주변을 살폈다.

그렇지만 특별한 이상 징후는 느껴지지 않았다.

일단 조수석 문을 열고 내리자 서진우가 말했다.

"아무래도 제가 착각한 것 같습니다."

"네?"

"여기는 사건 발생 현장이 아니라 사체 유기 현장이었을지도 모르겠습니다."

'사건은 뭐고, 사체는 뭐야?'

서진우가 미간을 좁힌 채 꺼낸 이야기를 들은 김기철이 흠칫했을 때였다.

"제가 너무 안이하게 생각했습니다."

서진우가 자책했다. 그리고 자책하는 서진우를 향해 김기철이 더 참지 못하고 질문했다.

"사체라니… 그게 무슨 소리입니까?"

"길게 설명할 시간이 없습니다. 한 가지 확실한 건 우리가 빨리 찾지 못하면 한 여성이 억울하고 고통스러운 죽음을 맞이한다는 겁니다. 그러니까 일단 흩어져서 찾죠."

자신의 질문에 대답하는 서진우는 초조한 기색이 역력했다.

덩달아 마음이 급해진 김기철이 제안했다.

"제가 오른쪽을 수색하겠습니다. 서진우 씨는 왼쪽을 수색하시죠."

"알겠습니다."

빠르게 역할 분담을 마친 김기철이 오른쪽으로 내달리기 시작했다.

희미한 달빛에 의지해서 어둠을 헤치며 달려가던 김기철이 잠시 후 우뚝 멈춰 섰다.

"으흑!"

희미한 신음성을 들었기 때문이었다.

"누구 있어요?"

김기철이 아까 신음성이 들려온 방향으로 걸음을 옮겼다.

비탈길을 내려가서 가슴까지 자란 풀숲을 헤치고 나아가기를 한참.

김기철의 눈에 바닥에 쓰러져 있는 사람의 형체가 보였다.

'랜턴!'

아까 서진우가 건네줬던 소형 랜턴에 생각이 미친 김기철이 점퍼 주머니에 손을 넣었다. 그리고 랜턴을 켜고 비추자, 스커트가 허리 위까지 올라가 있는 젊은 여성의 모습이 눈에 들어왔다.

"괜찮아요?"

일단 살아 있는가 여부를 확인하는 게 급선무라고 판단한 김기철이 쓰러진 여자를 향해 달려갔다.

여자의 목에 손을 갖다 댔던 김기철이 잠시 후 안도의 숨을 내쉬었다.

맥이 뛰고 있다는 것을 확인했기 때문이었다.

그때였다.

샤사삭.

풀숲이 흔들리는 소리가 들렸다.

타다닷.

그리고 누군가의 발소리를 들은 김기철이 본능적으로 몸을 일으키면서 몸을 비틀었다.

그러나 늦었다.

화끈.

왼 어깨 부근에 불에 덴 듯한 통증이 밀려들었다.

'칼!'

괴한이 휘두른 칼에 베였음을 직감하고 뒷걸음질을 칠 때, 다시 괴한이 파고들었다.

칼의 위치를 파악하기 위해서 랜턴을 들어 올린 순간, 괴한의 얼굴이 눈에 들어왔다.

랜턴 빛 때문에 눈매를 좁힌 괴한이 몸을 돌렸다. 그리고 갑자기 쓰러진 여자를 향해 달려갔다.

'해치려는 거야!'

괴한의 의도를 간파한 김기철이 이를 악물고 괴한을 막기 위해서 달렸다. 그리고 여자의 앞에 웅크린 채 칼을 들어 올린 괴한을 덮치려 한 순간이었다.

괴한이 칼을 들지 않은 왼손을 휘둘렀다.

슈우욱.

괴한이 뿌린 흙모래가 김기철의 눈으로 들어갔다.

'빌어먹을!'

순간, 앞이 전혀 보이지 않았다.

당황한 김기철이 본능적으로 뒷걸음질을 치던 도중, 돌무더기에 걸려 넘어졌다. 그리고 괴한이 넘어진 자신의 위로 올라탔다.

쉬이익.

여전히 앞이 보이지 않는 상황.

김기철이 청각에 의지해 왼팔을 들어 올려 방어했다.

푹!

팔뚝에 칼이 박히면서 엄청난 통증이 밀려들었다.

그렇지만 김기철은 이를 악물고 참아 냈다. 그리고 오른팔을 뻗어서 괴한의 손목을 힘껏 움켜쥐었다.

'놓치면… 내가 죽는다!'

칼을 움켜쥔 괴한의 오른 손목을 놓쳐 버리면 죽게 될 거라고 판단했기에 필사적으로 움켜쥐고 있을 때였다.

퍽.

안면부에 강한 충격이 전해졌다.

괴한이 머리로 들이받은 것이었다.

그 충격으로 인해 머릿속이 하얘졌다. 그리고 손에서 힘이 빠져나간 순간을 놓치지 않고 괴한이 손목을 빼냈다.

쉬이익.

재차 파공음이 흘러나왔다.

'끝!'

김기철이 죽음을 직감한 순간이었다.

퍽!

강한 타격음이 흘러나왔다.

"끄아아악!"

괴한이 내시르는 신음성에 뒤이어 서진우의 목소리가 들렸다.

"괜찮으세요?"

"난 괜찮으니까 저 여자를… 구해 주세요."

김기철에게서 괜찮다는 대답이 돌아온 순간, 일단 안도의 한숨을 내쉬며 잔뜩 몸을 웅크리고 있는 괴한을 노려보았다.

'하마터면… 막지 못할 뻔했어.'

심대평을 통해서 변춘제가 다음 범행을 저지르는 장소가

화암동 굴다리라는 정보를 입수했다.

그래서 화암동 굴다리 근처에서 잠복하면서 변춘제가 범행을 저지르길 기다렸다.

그렇지만 밤 열 시가 넘었음에도 사위는 조용하기만 했다.

그때, 심대평이 알려 준 화암동 굴다리라는 장소가 사건 발생 장소가 아니라 사체 유기 현장일지도 모른다는 생각이 퍼뜩 떠올랐다.

거기까지 생각이 미친 순간, 김기철과 흩어져서 주변 수색에 나섰다. 그리고 내가 먼저 변춘제를 발견하길 바랐지만, 내 바람과 달리 김기철이 먼저 변춘제와 맞닥뜨렸다.

태극일원공 덕분에 김기철과 변춘제가 싸우는 소리를 빠르게 캐치할 수 있었지만, 내가 사건 발생 현장에 도착했을 때 김기철은 이미 부상을 입은 후였다.

"후우!"

내가 가볍게 심호흡을 하면서 미리 준비해 온 수련용 목검을 고쳐 쥐었다.

상대는 한 명.

열 명이 넘는 조폭들을 가볍게 찜 쪄 먹었던 나였지만, 그래도 긴장이 되는 이유는 상대가 바로 연쇄 살인범 변춘제였기 때문이었다.

"흙을 뿌리는 걸… 조심해야 합니다."

그때 김기철이 조언했다. 그리고 그 조언이 끝나자마자 변춘제가 왼팔을 휘둘렀다.

슈아악.

변춘제가 흙모래를 뿌린 순간, 난 뒤로 물러나는 대신 앞으로 전진하면서 수련용 목검을 휘둘렀다.

부우웅.

검풍이 일어나면서 허공에 비산했던 흙모래가 흩어졌다.

그 틈을 이용해 공격하려던 변춘제를 향해 내가 재차 목검을 휘둘렀다.

빠각.

커터 칼을 든 변춘제의 손목을 목검이 때렸다.

상대인 변춘제는 연쇄 살인범.

난 손속에 조금의 사정도 두지 않았기에 손목뼈가 부러지는 섬뜩한 소리가 흘러나왔다.

"끄아아악!"

커터 칼을 손에서 놓친 변춘제가 뼈가 부러진 고통을 이기지 못하고 바닥을 나뒹굴며 고통스러워했다.

하지만 조금도 안쓰럽다는 생각이 들지 않았다.

변춘제가 약자인 여성들을 고통스럽게 죽인 연쇄 살인범이란 사실을 알기 때문이다.

오히려 이걸로는 부족하단 생각이 든 순간, 다시 목검을 휘둘렀다.

빠각.

변춘제는 피할 엄두도 내지 못했다.

무릎뼈가 박살 난 변춘제가 더욱 고통스러워하며 입에 거품을 물고 있는 모습을 무심한 눈길로 내려다보다가 다시 목검을 들어 올렸을 때였다.

"서진우 씨, 이제… 그만하시죠."

김기철이 다가와서 날 만류했다.

'모르니까!'

난 변춘제가 연쇄 살인범이란 사실을 알고 있다.

반면 김기철은 그 사실을 전혀 몰랐다.

그래서 그만하라고 만류하는 것이었다.

"곧 경찰이 도착할 겁니다. 법의 심판을 받게 만드는 게 맞습니다."

"알겠습니다."

내가 목검을 내리고 쓰러져 있는 여자를 향해 다가갔다.

"살려… 살려 주세요."

공포에 질린 여자는 내 눈도 마주치지 못했다.

두 눈을 꼭 감은 채 벌벌 떨면서 살려 달라는 말만 연신 반복했다.

"이제 괜찮습니다."

그런 여자를 안심시켜 주기 위해서 내가 말했다.

'잘한 거야.'

원래는 변춘제에게 죽음을 맞이하는 여자.

이 여자를 살리기 위해서 난 아주 많은 것을 희생했다.

그리고 아직 끝이 아닐지도 몰랐다.

그럼에도 불구하고 이 여자를 살리기로 결정하길 잘했다고 속으로 생각하고 있을 때였다.

여자가 꼭 감고 있던 두 눈을 마침내 떴다. 그리고 나와 눈이 마주친 순간, 여자가 말했다.

"감사합니다. 살려 주셔서 감사합니다."

내가 웃으며 말했다.

"아니요, 살아 주셔서 감사합니다."

*   *   *

한성 경찰서.

김기철과 변춘제, 그리고 최동미는 구급차를 타고 바로 병원으로 후송됐다.

난 사건 진술을 하기 위해서 한성 경찰서로 이동했다.

"당시 상황에 대해서 다시 한번 설명해 보세요."

"그 근처를 지나다가 여자분이 괴한에게 납치당하는 것을 우연히 발견해서……."

"잠깐만요, 거긴 왜 갔어요?"

날 상대로 진술을 받는 형사의 이름은 강규식.

이미 구면이었기에 낯이 익었다.

그렇지만 반갑지는 않았다.

"강규식 형사님, 지금 중요한 건 그게 아닌 것 같은데요. 제가 거기 왜 갔는가보다 그 범인이 한성 연쇄……."

"명찰도 안 달고 있는데 내 이름은 또 어떻게 알아요? 가만… 어디서 본 것 같은데. 아, 그때 경찰서로 찾아왔던 영화 제작자, 맞죠?"

"네, 맞습니다."

내가 맞다고 수긍하자, 강규식이 두 눈을 빛냈다.

"이거 점점 더 수상한 냄새가 나네. 그때 경찰서로 찾아와서 꼬치꼬치 캐묻더니 영화 제작자란 양반이 사건 현장에서……."

하지만 강규식은 원래 하려던 말을 마치지 못했다.

"날 의심해."

이청솔이 들어서며 언성을 높였기 때문이었다.

"누구……?"

예고 없이 등장한 이청솔에게 강규식이 불쾌한 시선을 던졌다.

"서부지검 차장 검사 이청솔이야."

그러나 이청솔이 신분을 밝히자, 강규식의 두 눈에 잠시 떠올랐던 불쾌한 감정은 흔적도 없이 사라졌다.

"충성!"

깜짝 놀라며 벌떡 일어난 강규식이 거수경례를 했다.

이청솔은 그 거수경례를 받아 주는 대신 못마땅한 목소리로 쏘아붙였다.

"후배에게 예전에 여길 찾아가 보라고 주선해 준 게 나야. 그리고 사건이 일어나자마자 바로 찾아왔으니까 자네 논리대로라면 날 의심하는 게 더 맞는 것 아냐?"

"제가 감히 어떻게 차장 검사님을 의심할 수 있겠습니까?"

강규식이 당황한 표정으로 손사래를 쳤다. 그러나 이청솔의 공격은 멈추지 않았다.

"그리고 지금 뭘 하는 거야? 강간당할 뻔했던 여자를 구하는 데 일조한 후배에게 상을 줘도 모자랄 판인데 왜 용의자 취조하듯 캐묻고 있는 거야?"

"그게······."

"진술은 나중에 우리 지검 수사관에게 따로 들어, 아니, 공문 보내서 진술서 요구해. 진술받겠다고 우리 지검 수사관을 귀찮게 이리로 부르거나 하면 내가 가만 안 있을 거야. 내 말, 무슨 뜻인지 알아들었어?"

"아, 알겠습니다."

이청솔의 지위와 기세에 눌려 버린 강규식이 황급히 대답했다.

"후배, 가지."

"네."

군말 없이 내가 그 말을 따랐다. 그리고 경찰서를 나온 순간, 내가 이청솔에게 물었다.

"김 수사관 상태는 어떻습니까?"

"괜찮아."

"다행이네요."

"바로 퇴원하겠다고 하는 걸 내가 말렸어. 다친 김에 푹 쉬라고."

"잘하셨습니다."

"같이 소주 한잔할까?"

"그러시죠."

"무용담을 들으려면 소주를 곁들여야지."

"무용담이랄 것까지는 없습니다."

"그건 내가 듣고 판단하지."

이청솔이 앞장서서 걸음을 옮겼다. 그리고 경찰서 근처 해장국집에서 술자리가 시작됐다.

"한잔 받아."

"네."

"설마 했는데… 정말 잡았네."

이청솔의 이야기를 들은 내가 고개를 가로저었다.

"아직 확실한 건 아무것도 없습니다. 오늘 검거한 강간 미수범이 한성 연쇄 살인 사건 진범이 아닐 수도 있습니다."

"아니."

"……?"

“난 그놈이 한성 연쇄 살인 사건 진범이라고 확신해. 내가 알고 있는 후배님은 확신이 없으면 움직이지 않는 성격이었으니까.”

‘부담스럽네.’

이청솔이 쏘아 내는 눈빛은 부담스러울 정도로 강렬했다. 그래서 내가 슬그머니 시선을 피했을 때, 그가 다시 말했다.

“미국에 요청했던 자료가 도착했어. 이제 오늘 검거한 강간 미수범의 DNA와 증거에서 추출한 DNA가 일치한다는 결과만 나오면 한성 연쇄 살인 사건의 진범은 검거되는 거지.”

“네.”

“이제 솔직히 털어놔 봐.”

“뭘… 말입니까?”

“한성 연쇄 살인 사건의 진범이 마침 오늘 그 장소에서 다음 살인 계획을 실행에 옮길 거란 걸 어떻게 알았는지 말이야.”

강간 미수범이 아니라 한성 연쇄 살인 사건의 진범이라고 지칭하는 것.

내가 김기철과 함께 검거한 자가 한성 연쇄 살인 사건의 진범이 맞다고 이청솔이 확신한다는 증거였다.

‘어설픈 변명은… 안 통하겠네.’

김기철과 이청솔은 또 달랐다.

김기철의 경우는 나에 대해서 아는 정보가 전혀 없는 상태에서 처음 만났기에 내 허술한 변명에도 속아 넘어갔다.

그러나 이청솔은 이미 내 능력이 평범하지 않다는 것을 알고 있었다.

그래서 그에게 어설픈 변명을 해 봐야 통하지 않는다고 판단한 내가 소주를 한잔 마신 후 입을 뗐다.

"제가 그걸 어떻게 알았는가는 밝힐 수 없습니다."

"절대 밝힐 수 없다?"

"네."

"알겠어."

그리고 이청솔이 그에 대해서 더 캐묻지 않는 것으로 인해 오히려 내가 더 놀랐다.

"더 안 물어보십니까?"

"그래."

"왜……?"

"내가 상대한 용의자들의 수만 해도 수천 명이야. 그래서 이제는 마주 앉아 대화를 나누다 보면 이놈은 아무리 다그치고 캐물어도 절대 입을 열 놈이 아니다. 이런 직감이 딱 오는데 후배가 그래."

'역시 고스톱 쳐서 차장 검사 직책을 딴 게 아니야.'

내가 속으로 생각하며 쓴웃음을 지었을 때, 이청솔이 웃으며 덧붙였다.

"그리고 내가 황금알을 낳은 거위의 배를 가를 정도로 멍청하지는 않아. 총장 자리에 욕심이 생겼는데 후배가 없으면 총장 자리에 오르기는 힘들 것 같거든."

"선배님이 총장 자리에 오를 때까지 최선을 다해서 돕겠습니다."

"하하, 듣기만 해도 든든하구만. 자, 한잔 더 받아."

이청솔이 호탕하게 웃으며 소주병을 들었다. 그리고 소주잔을 채워 주며 다시 질문했다.

"나 때문이야?"

"무슨 말씀이십니까?"

"김 수사관한테 공을 돌리려는 것 말이야."

'눈치 빨라!'

내가 경찰과 동행하지 않고 굳이 서부지검 소속인 김기철 수사관과 동행했던 이유는 한성 연쇄 살인 사건의 진범인 변춘제를 검거하는 공을 경찰이 아닌 검찰에 넘기기 위해서였다.

좀 더 정확하게 표현하면 검찰 중에서도 서부지검에 넘기기 위해서였다.

팔은 안으로 굽기 때문.

그리고 이런 속내를 이청솔에게 따로 설명한 적이 없음에도 불구하고, 그는 정확히 내 의도를 캐치해 냈다.

"선배님께 총장 자리로 가는 꽃길을 만들어 드리고 싶었습니다."

기회를 놓치지 않고 생색을 내자, 이청솔이 다시 호탕하게 웃었다.

"이번에 또 아주 큰 신세를 졌구만. 그나저나… 한성 연쇄 살인 사건 진범을 잡은 공을 다 넘겨도 아쉽지 않나?"

"전혀 아쉽지 않습니다."

"하지만……."

"한 사람의 목숨을 구했다는 것으로 만족합니다."

내가 대답하자, 이청솔이 새삼스러운 시선을 던졌다.

"후배님은 날 반성하게 만드는 재주가 있어. 나보다 나이는 한참 어리지만, 후배님에게는 배울 게 많아."

"과찬이십니다."

"과찬 아냐"

이청솔이 웃으며 술잔을 들었다.

'결국 해냈다.'

오늘따라 소주가 유난히 달았다.

*   *   *

'이게 대체… 무슨 일이야?'

김기철이 어리둥절한 표정으로 특실을 둘러보았다.

처음에는 6인실에 입원했다.

그런데 갑자기 특실로 병실이 바뀌었다.

"김기철 수사관님이 이 시대의 영웅이란 것을 몰라봐서 죄송합니다. 저희 병원에 머무는 동안 불편함이 없도록 특실을 제공하겠습니다."

머리가 희끗한 병원장이 직접 찾아와서 특실을 제공하겠다고 의사를 밝혔다. 그리고 병원장이 자신을 영웅이라고 추켜세운 이유는 머잖아 알 수 있었다.

"그 새끼가 한성 연쇄 살인 사건의 진범이었을 줄이야."

서진우가 때려눕혔던 강간 미수범이 한성 연쇄 살인 사건의 진범이란 사실이 뒤늦게 밝혀졌기 때문에 자신이 영웅 대접을 받게 된 것이었다.

"이건 아냐."

기쁨과 당혹스러움이 교차하는 와중에 김기철이 내린 결론은 자신이 공을 차지하는 것은 옳지 않다는 것이었다.

한성 연쇄 살인 사건의 진범을 검거한 것은 자신이 아니라 서진우였기 때문이었다.

그래서 당시의 진실을 밝혀야겠다고 결심한 순간, 병실로 서진우가 찾아왔었다.

"서진우 씨!"
"몸은 좀 괜찮으십니까?"

"크게 다친 것은 아니니까 염려하지 않으셔도 됩니다. 그보다 뉴스 보셨습니까? 서진우 씨가 그때 검거했던 그 새끼가 한성 연쇄 살인 사건의 진범이라고……."

"아니요, 제가 검거한 게 아니라 김기철 수사관님이 한성 연쇄 살인 사건의 진범을 검거하셨죠."

"네?"

"만약 김기철 수사관님이 그놈을 조금만 더 늦게 찾아냈다면 피해자는 죽었을 겁니다. 저는 그 여자를 살린 것으로 만족합니다."

"하지만……."

"제가 한성 연쇄 살인 사건의 진범을 검거했다고 알려져 봐야 얻을 수 있는 건 없습니다. 기껏해야 표창장 한 장 받고 기자들에게 계속 시달리겠죠. 반면 김기철 수사관님은 다릅니다. 얻을 수 있는 게 아주 많죠."

"……."

"저는 기자들에게 시달리고 싶지 않습니다. 그리고 저 때문에 부상도 입으시지 않으셨습니까? 그러니 김기철 수사관님이 한성 연쇄 살인 사건의 진범을 검거한 것으로 하시죠."

"정말… 그래도 될까요?"

"네, 됩니다."

당시 병실로 찾아왔던 서진우와 나눈 대화였다. 그리고 영겁결에 한성 연쇄 살인 사건의 진범을 검거하게 된 후 김기철의 삶에는 큰 변화가 생기기 시작했다.

"식사하셨어요?"

당장 간호사부터 자신에게 존경의 시선을 던진다. 그리고 병실로 들어오는 간호사는 꽃다발을 비롯한 선물들을 양손 무겁게 들고 있었다.

"한성 연쇄 살인 사건 진범을 검거한 수사관님의 쾌차를 응원하면서 시민들이 보낸 편지와 선물들이 잔뜩 도착했습니다. 좋으시겠어요."

"네? 네."

"그리고 이 신문은 제가 따로 챙겨 왔어요. 김기철 수사관님과 관련된 기사가 대문짝만하게 실렸더라고요."

"감사합니다."

간호사가 앞으로 내민 신문을 건네받은 김기철이 펼쳤을 때였다.

1면 상단에 볼펜으로 적은 휴대 전화 번호와 장수영이라는 이름이 적혀 있는 것을 김기철이 확인했다.

'이게 뭐지?'

무심코 고개를 들었던 김기철의 눈에 간호사의 가슴에 매달린 명찰이 보였다.

'장수영?'

그 명찰에 적힌 이름과 신문 1면 상단에 적혀 있는 이름이 같았다. 그리고 부끄러운 듯 뺨을 붉힌 채 고개를 돌려서 자신의 시선을 외면한 채 장수영이 말했다.

"나중에 식사 한번 대접하고 싶어서요."

"네, 왜 제게 식사 대접을……?"

"존경하거든요."

그 말을 끝으로 장수영이 서둘러 병실을 빠져나갔다.

"이게… 그 말로만 듣던 고백이란 건가?"

김기철이 뒤늦게 고백이란 것을 알아채고 두 눈을 빛내고 있을 때였다.

드르륵.

병실 문이 열리고 조동재가 들어섰다.

"이야, 특실이라서 간호사도 엄청 미인이네."

그리고 조동재는 방금 특실을 빠져나간 장수영의 미모에 깜짝 놀란 기색이었다.

'제가 그 미모의 간호사에게 고백받은 사람입니다.'

이렇게 자랑하고 싶어서 입이 근질거리는 것을 김기철이 필사적으로 참았다.

만약 자랑한다면 조동재가 부러움을 이기지 못하고 앞으로 자신을 갈굴 것이 염려가 돼서였다.

"몸은 좀 어때?"

"보시다시피 괜찮습니다. 몸이 근질거려서 퇴원하고 싶은데 차장 검사님께서 며칠 더 입원하라고 지시하셔서서 억지로 누워 있습니다."

"부럽다, 대궐 같은 병실에서 휴가 보내는 것도 부럽고, 한성 연쇄 살인 사건 진범 잡아서 영웅이 된 것도 부러워 죽겠어."

'진짜 부러워할 건 따로 있습니다.'

김기철이 속으로 대답했을 때였다.

"어떻게 된 거야?"

조동재가 당시 상황에 대해서 물었다.

김기철은 조동재와 한 사무실에서 근무하는 수사관.

그래서 그의 촉과 논리가 아주 예리하단 사실을 누구보다 잘 알고 있었다.

만약 대답 중에 조금의 허점이라도 드러낸다면, 조동재는 의심을 품으리라.

"운이 좋았습니다."

그 사실을 잘 아는 김기철은 운이 좋았다는 대답을 꺼냈다.

"그게 다야?"

"네."

"알았어."

'왜… 이래?'

예상했던 것보다 훨씬 쉽게 조동재는 수긍했다.

그로 인해 오히려 김기철이 당황했을 때, 조동재가 웃으며 말했다.

"이 사건에 서진우가 연관되어 있다는 것은 알고 있어. 그래서 서진우를 빼고 상황을 설명하려니 어렵겠지. 그래서 운이 좋았다는 대답을 꺼낸 거고."

조동재의 예리한 촉에 김기철이 속으로 혀를 내두를 때였다.

"김 수사관이 할 일은 그거야."

"네?"

"곧 기자들이 벌 떼같이 들이닥칠 거야. 기자들이 의심을 품지 않도록 서진우를 빼고도 납득할 수 있는 상황 설명을 준비하는 게 김 수사관이 할 일이라고."

"네, 알겠습니다."

김기철이 대답하자, 조동재가 말했다.

"그럼 난 간다."

"벌써 가십니까?"

"유능한 수사관이 휴가를 가서 사무실에 서류가 산더미처럼 쌓여 있거든. 빨리 가서 사건 처리해야지."

"최대한 빨리 복귀하겠습니다."

"알았어."

조동재가 병실 문을 열고 나가려다가 멈칫하며 몸을 돌린 후 엄포를 늘어놓았다.

"참, 소개팅 안 해 주면 내 손에 죽는다."

"네?"

"아까 그 간호사한테 고백받았잖아. 잘돼서 소개팅해 달라고."

"그걸… 어떻게 아셨습니까?"

김기철이 두 눈을 동그랗게 뜨고 묻자, 조동재가 자신의 손에 들린 신문을 바라보며 주먹으로 가슴을 가볍게 두드리며 대답했다.

"나 조동재야."

*   *   *

유니버스 필름 사무실.

이현주가 신문을 막 집어 들었을 때, 한우택에게서 전화가 걸려 왔다.

"한 대표님, 어쩐 일로 연락 주셨어요?"

반가운 목소리로 전화를 받자, 한우택이 상기된 목소리로 대답했다.

─축하 인사 드리려고 연락드렸습니다.

"축하 인사요?"

─아직 신문 안 보셨나 보네요. '끝까지 잡는다'에 대한 기사가 대문짝만하게 났던데요.

"잠시만요."

이현주가 서둘러 신문을 펼쳤다.

〈한성 연쇄 살인 사건의 진범이 검거된 후 영화 '끝까지 잡는
다' 가 재조명받는 이유〉

한우택의 말대로였다.
'끝까지 잡는다'에 관한 기사가 신문 1면에 대문짝만하게 나
있었다.

…서부지검 이청솔 차장 검사가 한성 연쇄 살인 사건의 진범
을 검거한 과정에 대해서 밝히는 브리핑에서 얼마 전 개봉한 영
화인 '끝까지 잡는다' 를 언급해서 큰 화제가 되고 있다. 이청솔
차장 검사는 미제 사건인 한성 연쇄 살인 사건을 모티브로 한 영
화인 '끝까지 잡는다' 를 관람하고 난 후 한성 연쇄 살인 사건에
대해서 본격적으로 관심을 가지기 시작했다고 밝혔다. 그리고
영화 속에서 제시한 진범 검거를 위한 방식이 일리가 있다고 판
단했다고 밝혔다. 그래서 증거품 속 미세 혈흔에서 DNA 증거를
확보하기 위해 과학 수사 방식이 한국보다 더 발전한 미국에 증
거품을 보내서 감정을 의뢰했고, 그 DNA 증거와 강간 미수 혐
의로 검거됐던 변 모 씨의 DNA가 일치한다는 것을 통해서…….

이현주가 빠르게 기사 내용을 읽어 내려가고 있을 때, 수화

기 너머에서 한우택 대표의 목소리가 들렸다.

─'끝까지 잡는다'를 재개봉하고 싶다는 연락이 빗발치고 있습니다.

"아, 네. 저희 입장에서는 기쁜 일이네요."

─저희도 마찬가지입니다. 축하드립니다.

"잘 부탁드립니다."

─맡겨 주십시오.

한우택과의 통화를 마친 후, 이현주가 담배를 꺼내 입에 물었을 때였다.

"안 좋은 전화야?"

사무실에 나와서 시나리오 수정 작업을 하던 오승완 감독이 눈치를 살피며 조심스럽게 질문했다.

한우택과 통화를 마친 자신의 표정이 심상치 않다는 것을 확인해서 던진 질문일 것이다.

"아니, 좋은 소식이야. 한성 연쇄 살인 사건 진범이 잡히고 난 후에 '끝까지 잡는다'에 대한 관심이 쏟아지면서 재개봉 요청이 쇄도하고 있대."

"좋은 소식 맞네. 그런데 왜 표정이 그렇게 어두워?"

"그게… 별것 아냐. 신경 쓸 것 없어."

이현주가 대충 얼버무리며 자리에서 일어났다.

"나 좀 나갔다 올게."

"어디 가?"

"서진우 대표 만나기로 했어."

"나도 같이 갈까?"

"아니, 오늘은 둘이서만 만날게."

'꼭 물어보고 싶은 게 있거든'이란 대답을 속으로 삼키며 이현주가 사무실을 빠져나갔다.

잠시 후, 사무실 근처 카페에서 기다리고 있자, 서진우가 도착했다.

"서 대표, 여기야."

"오랜만에 뵙습니다."

"그래, 너무 오랜만에 본다. 요새 너무 격조했어."

"죄송합니다."

서진우가 맞은편에 앉으며 물었다.

"무슨 안 좋은 일이라도 있으십니까?"

"아니, 없어."

"그런데 왜 표정이……?"

"서 대표, 하나만 묻자. 이거 우연… 이야?"

"뭐가 우연이냐고 물으시는 겁니까?"

"'끝까지 잡는다'가 개봉한 후에 한성 연쇄 살인 사건의 진범이 잡힌 것, 우연이냐고 묻는 거야."

"우연입니다."

서진우가 지체 없이 대답했다.

그렇지만 이현주는 여전히 의심의 시선을 거두지 않았다.

"난 우연이라고 생각 안 해. 서 대표가 '끝까지 잡는다'라는 영화에서 진범을 검거할 수 있는 해법으로 제시한 방식을 그대로 검찰이 사용해서 진범을 검거했으니까."

"그게 바로 제가 원했던 겁니다."

"무슨 뜻이야?"

"수사권을 가진 누군가는 '끝까지 잡는다'를 관람하고 난 후에 더 많은 피해자가 발생하기 전에 한성 연쇄 살인 사건의 진범을 검거하는 것에 관심을 가져 주길 바랐습니다. 그리고 제 바람 대로 된 거고요."

"힌트를 줬을 뿐이다?"

"그게 영화가 가진 힘이니까요."

이현주가 팔짱을 꼈을 때, 서진우가 덧붙였다.

"아까 대답을 정정하겠습니다."

"……?"

"우연과 노력이 합쳐진 결과입니다."

서부지검 차장 검사 이청솔이 미세 혈흔이 남겨진 한성 연쇄 살인 사건 증거품을 미국으로 보내서 DNA 정보를 획득한 것은 노력.

마침 한성시 화암동 굴다리 근처에서 한성 연쇄 살인 사건 진범이 다음 살인을 저지르기 위해 시도할 때 서부지검 수사관인 김기철이 현장에 있었던 것은 우연.

이렇게 우연과 노력이 합쳐진 결과라고 대답하자, 이현주가 수긍한 표정으로 천천히 고개를 끄덕였다.

'어렵네.'

확실히 '끝까지 잡는다'를 제작한 후, 날 향한 의심의 시선이 늘어난 것이 사실이었다.

그렇지만 이미 각오했던 바였기에 난 최선을 다해서 변호하기 급급했다.

'앞으로는 각별히 조심하자!'

그리고 속으로 생각할 때였다.

"서 대표, 이 신문에 실린 기사 봤어?"

"아직 못 봤습니다."

"우리 영화 관련 기사가 1면에 대문짝만하게 났어. 한번 봐."

이현주가 앞으로 내민 신문을 건네받아 펼쳤다.

〈한성 연쇄 살인 사건의 진범이 검거된 후 영화 '끝까지 잡는다' 가 재조명받는 이유〉

1면을 장식한 기사의 제목과 내용을 빠르게 읽어 내려가던 내가 쓴웃음을 머금었다.

'나름의 방식으로 보상을 해 준 거구나.'

검찰 입장에서는 수사 결과를 발표하는 브리핑에서 굳이 '끝까지 잡는다'라는 영화를 언급할 필요가 없었다.

그럼에도 불구하고 이청솔 차장 검사는 직접 브리핑에 나서서 '끝까지 잡는다'에 대해서 자세히 언급했다.

영화에 대한 관심을 지펴서 흥행에 도움을 주고 싶었기 때문이리라.

그리고 이것이 이청솔 차장 검사 나름의 보상법이라고 판단했을 때였다.

"우리 입장에서는 노난 거지. 아까 Now&New 한우택 대표에게서 전화가 걸려 왔었는데 '끝까지 잡는다'를 재개봉하고 싶다는 요청이 쇄도하고 있다고 하니까."

"잘됐네요. 한성 연쇄 살인 사건의 진범도 잡혔고, '끝까지 잡는다'도 더 흥행할 수 있게 됐으니까요."

"그래, 다 잘된 거지? 그러니까 지난 일은 더 생각하지 말자."

이현주가 커피를 한 모금 마신 후 덧붙였다.

"다시 앞만 보고 달려가자. 내 말 무슨 뜻인지 알지?"

그녀가 생긋 웃으며 던진 질문을 들은 내가 픽 하고 실소를 흘렸다.

'성격 참 급해!'

차기작에 대해 논의하자는 뜻임을 간파한 내가 속으로 생각하며 입을 뗐다.

"슬슬 차기작에 대해 논의할 때가 되긴 했죠."

"역시 서 대표와는 말이 잘 통해. 생각해 둔 작품 있어?"

"네, 있습니다."

내가 차기작으로 생각해 둔 작품이 있다고 대답하자, 이현주가 흥미를 드러냈다.

"어떤 작품인데?"

"잠시만요."

내가 백팩에서 수첩을 꺼내서 사이트 주소를 적어 둔 페이지를 찢어서 이현주의 앞으로 내밀었다.

"이게 뭐야?"

"사이트 주소입니다."

"사이트 주소? 무슨 사이트인데?"

"아마추어 작가들이 소설을 연재하는 사이트입니다."

"그런 사이트도 있었어? 그런데 이 사이트 주소를 내게 알려 주는 이유가 뭐야?"

"그 사이트에 연재되고 있는 소설 중 하나를 원작으로 영화를 제작할 생각이거든요."

내가 차기작에 대한 계획을 알려 주자, 이현주가 놀란 표정으로 되물었다.

"기성 작가도 아니고 아마추어 작가가 쓴 소설을 원작으로 영화를 제작할 거라고?"

"네."

"너무… 위험하지 않을까?"

이현주가 내키지 않는 표정으로 말했다. 그리고 난 그녀를 굳이 설득하기 위해서 애쓰지 않았다.

"그 작품을 직접 읽어 보시면 생각이 바뀔 겁니다."

"그 정도로 재밌어?"

"저는 아주 재밌었습니다."

"서 대표가 그렇게 말하니까 더 궁금해지네. 어떤 작품인데?"

이현주의 질문에 내가 대답했다.

"'치명적인 그녀'라는 작품입니다."

＊　　　　＊　　　　＊

'치명적인 그녀'라는 작품에 대한 호기심을 참기 힘들었던 걸까.

몇 번이나 엉덩이를 들썩이던 이현주가 참지 못하고 먼저 자리에서 일어섰다.

"에잇, 궁금해서 안 되겠다. 나 먼저 일어날게. 서 대표가 이렇게 극찬한 작품을 빨리 가서 읽어 보고 싶어서 못 참겠어."

"그렇게 하시죠."

"서 대표는 안 일어날 거야?"

"저는 다 마시고 일어나겠습니다."

"그럼 그렇게 해. 나 먼저 갈게."

성격 급한 이현주가 먼저 떠나고 난 후, 카페에 혼자 남겨진 내가 커피를 마시기 위해서 팔을 뻗을 때였다.

―변종 회귀자가 세상의 균형을 해칠 수 있을 정도로 지나친 간섭 행위를 한 탓에 경고와 페널티를 받습니다.

내 눈앞에 메시지가 떠올랐다.
이 메시지가 떠오른 적이 처음이 아니었기에 낯설지는 않았다. 그렇지만 당혹스러움을 느낀 이유는 뒤이어 눈앞에 떠오른 메시지 때문이었다.

―당신은 세상의 균형을 해치기에 충분한 지나친 간섭 행위를 했습니다. 그로 인해 페널티가 주어집니다.

'내가… 세상의 균형을 해칠 수 있을 정도로 지나친 간섭 행위를 해서 페널티를 받는 변종 회귀자다?'
메시지는 내가 페널티를 받게 될 거라고 알려 주었다.
'페널티가 대체 뭐지?'
그 메시지를 확인한 순간 가장 먼저 든 생각이었다.
꿀꺽.
마른침을 삼키며 다음 메시지를 기다렸다.
석상처럼 굳어진 채 한참 동안 다음 메시지가 떠오르길 기다렸지만, 더 이상의 메시지는 떠오르지 않았다.

'진짜… 불친절하네.'

페널티를 받게 됐다는 사실만 알려 주었을 뿐, 그 페널티의 정체에 대해서 어떤 설명조차 없는 불친절함으로 인해 와락 짜증이 치밀었다

그러나 난 흥분을 가라앉히기 위해 애썼다.

일단은 내가 받게 될 페널티의 정체를 파악하는 것이 급선무라는 판단이 들어서였다.

스윽.

자리에서 일어난 내가 카페 화장실로 들어갔다. 그리고 거울 앞에 서서 내 모습을 유심히 살폈다.

'외양은 변화가 없다!'

갑자기 노화가 진행되거나 하는 페널티는 아니라는 것을 확인한 후, 다시 원래 자리로 돌아와 앉았다.

'그럼… 대체 뭘까?'

차분함을 유지하기 위해서 애쓰면서 페널티의 정체에 대해서 고민하고 있을 때였다.

지이잉, 지이잉.

휴대 전화가 진동했다.

'혹시 휴대 전화로 페널티의 정체에 대해서 알려 주려는 건가?'

퍼뜩 든 생각에 내가 급히 전화를 받았다.

"여보세요?"

―한우택입니다.

'아니었네.'

내게 전화를 건 것이 한우택이란 사실을 알고 맥이 탁 풀렸다.

"무슨 일로 전화하셨습니까?"

―투자 검토 중인 작품 리스트 때문에 논의를 해야 할 것 같아서요.

"나중에……."

지금은 그런 일에 신경 쓸 여유가 없으니 나중에 다시 얘기하자고 말한 후 전화를 끊으려 했던 내가 도중에 말을 멈추었다.

'미래에 흥행할 작품을 알고 있으니까 작품 제목만 확인하고 나면 금세 리스트를 추릴 수 있을 거야. 보자. 1998년에서 2000년 사이에 크게 흥행에 성공했던 작품들이… 어? 왜… 기억이 안 나지?'

＊　　　＊　　　＊

지난 생의 난 영화 제작자였다.

그래서 크게 흥행에 성공한 작품들은 당연히 모두 기억하고 있었다.

그런데 어떤 작품이 흥행에 성공했는지 하나도 머릿속에 떠오르지 않았다.

'왜… 이래?'

당혹스러움을 느낀 내가 표정을 딱딱하게 굳혔다.

'가만, 어떤 가수가 히트곡을 발표하는가도… 전혀 떠오르지 않는다.'

잠시 후 내 표정이 일그러졌다.

영화 제목만이 아니었다.

미래에 히트곡을 배출하는 가수의 이름도, 큰 인기를 얻는 드라마의 제목도 전혀 떠오르지 않았다.

—서진우 씨.

"……."

—서진우 씨, 괜찮으세요?

그때 귀에 갖다 대고 있던 휴대 전화에서 한우택이 걱정스러운 목소리로 질문을 던지는 것이 들렸다.

"괜찮습니다. 나중에 다시 통화하죠. 제가 연락드리겠습니다."

괜찮다고 대답하고 한우택과의 통화를 마쳤지만, 실상은 괜찮지 않았다.

휴대 전화를 움켜쥐고 있던 손에서 힘이 빠져나가는 것을 느끼며 내가 혼잣말을 읊조렸다.

"이게… 페널티의 정체로구나."

회귀자의 가장 큰 무기.

미래가 어떻게 흘러갈지에 대한 지식을 갖고 있다는 것이었다.

그동안 이 무기를 활용해서 팔자에도 없던 천재 시나리오 작가 행세를 할 수 있었다.

또 영화 제작자로서 흥행작들을 잇따라 배출하면서 승승장구할 수 있었고.

이게 다가 아니었다.

연예 기획사 '블루윈드'와 투자 배급사 Now&New의 최대 지분 보유자가 될 수 있었던 것도 회귀자로서 갖고 있는 지식을 활용했기 때문이었다.

그런데 회귀자의 가장 큰 무기인 미래 지식이 흔적도 없이 사라져 버렸다.

'무시무시한 페널티!'

내가 받게 된 페널티가 치명적이라는 사실을 깨닫고 난 후, 머릿속이 하얗게 변하는 느낌이었다.

"이제… 어쩌지?"

한참을 멍하니 앉아 있다가 난 필사적으로 생각을 이어 나가기 시작했다.

그런 내가 잠시 후 떠올린 것은… 이토 겐지였다.

"이번이 처음이 아냐."

―변종 회귀자가 세상의 균형을 해칠 수 있을 정도로 지나친 간섭 행위를 한 탓에 경고와 페널티를 받습니다.

경고 및 페널티를 부여한다는 메시지가 눈앞에 떠올랐던 것은 처음이 아니었다.

이전에 두 차례 더 같은 메시지가 떠올랐었다.

그 말인즉슨, 나 이전에 두 명의 변종 회귀자가 이미 페널티를 부여받았다는 뜻이었다.

일단 페널티를 받은 게 내가 처음이 아니란 생각이 들자, 조금 안도감이 들었다.

그리고 마치 당연하다는 듯이 이토 겐지의 얼굴이 떠오른 이유는 그가 이미 페널티를 부여받았을 것이 유력한 변종 회귀자이기 때문이었다.

"나처럼… 많이 당황했겠지."

이토 겐지에 대해서 떠올리던 내가 퍼뜩 과거의 만남을 기억해 냈다.

"혹시 CM엔터테인먼트에 대해서 아십니까? CM엔터테인먼트를 주목하세요. 머잖아 걸출한 여자 가수를 배출할 테니까요."

채동욱과 함께 만났을 당시, 이토 겐지가 선심 쓰듯 꺼냈던 정보.

당시에 난 황당하단 생각을 했었다.

이토 겐지는 본인이 언급한 걸출한 여자 가수인 조보안을 선점하려 했던 장본인.

그러나 그 계획은 내 방해로 인해 무산됐고, 조보안은 CM엔터테인먼트가 아닌 JK미디어와 전속 계약을 맺었었다.

그 사실을 이토 겐지가 모를 리 없을 터.

그럼에도 불구하고 조보안이 CM엔터테인먼트 소속으로 데뷔할 거라고 확신에 찬 목소리로 말했으니 어찌 황당하지 않을 수 있을까.

당시에는 이토 겐지가 날 시험하는 게 아닐까 하는 생각을 했었다.

그런데 페널티의 정체를 알게 된 지금은 생각이 바뀌었다.

"이토 겐지도… 몰랐던 거야."

이토 겐지 역시 당시 이미 페널티를 받았던 상황.

그는 미래에 대한 정보와 지식을 떠올리지 못한 상황이었다.

그렇지만 조보안이 CM엔터테인먼트 소속 가수로 데뷔해서 일본에서 한류 열풍을 일으킨다는 것까지는 기억하고 있었을 터.

그래서 조보안이 CM엔터테인먼트에서 데뷔할 거란 정보를 확신에 찬 목소리로 꺼냈을 거란 생각이 들었다.

"어쩐지… 조용하다 했어."

한류 열풍이 부는 것을 막기 위해서 이토 겐지가 또 어떤 수작을 부리지 않을까 하는 우려를 하고 있었는데.

조보안을 선점하려는 시도를 했다가 실패한 이후, 이토 겐지는 특별한 움직임 없이 잠잠했다.

그리고 그 이유가 페널티 때문임을 뒤늦게 깨달은 난 다시 생각을 이어 나갔다.

"왜… 하필 지금이지?"

마침 지금 페널티를 받게 된 이유부터 고민하던 내가 고개를 갸웃했다.

'텔 미 에브리씽'과 'IMF', '끝까지 잡는다'.

내가 제작했던 세 편의 영화였다.

엄밀히 말하면 세 편의 영화의 제작자로 나와 이현주 대표의 이름이 올라간 것 모두 내가 기억하고 있는 미래와는 달랐다.

즉, 변종 회귀자인 내가 끼어들면서 원래 알고 있던 미래와는 다른 방식으로 미래가 흘러가게 된 셈이었다.

그러나 '텔 미 에브리씽'과 'IMF'를 제작해서 개봉한 후에는 세상의 균형을 해칠 정도로 간섭을 해서 경고와 페널티를 받게 된다는 메시지가 떠오르지 않았다.

"'텔 미 에브리씽'의 제작자였던 심대평도 선점한 것이었기에 내가 선점한다고 해도 페널티를 받지 않을 거라 예상했어. 그렇지만 'IMF'를 제작해서 개봉할 때는 걱정을 많이 했었어."

지금으로부터 약 20년 후의 개봉작인 '국가부도'라는 영화를 'IMF'로 제목을 바꿔서 먼저 개봉한 이유.

아무것도 모르는 상태로 IMF 외환 위기 사태의 직격탄을 맞을 국민들이 안타까워서 경고 메시지 정도는 던져 주기 위함이었다.

그러나 내 우려와 달리 'IMF'를 제작했을 때는 어떤 경고와 페널티가 부여되지 않았다.

반면 '끝까지 잡는다'가 개봉한 후에는 경고와 페널티가 부여됐다.

"차이가… 뭐지?"

내가 판단하기에는 두 가지 모두 세상의 균형을 해칠 정도로 간섭 행위를 한 것은 마찬가지.

그런데 이런 차이가 발생한 이유에 대해서 고민하던 내가 무릎을 탁 쳤다.

"결과가 달라진 게 차이점이야."

'IMF'를 관람한 관객들은 대한민국 경제의 심각성에 대해서 우려를 표했다.

그러나 그게 다였다.

재정부 차관 장정우는 건재했고, 그는 지금도 IMF와 협의를 진행하는 중이었다. 그리고 IMF 외환 위기 사태를 막을 방법은 없었다.

즉, 내가 'IMF'라는 영화를 제작해서 개봉했다고 해도 IMF 외환 위기 사태는 발발할 것이었다.

하지만 '끝까지 잡는다'의 경우는 달랐다.

영화를 관람한 이청솔 차장 검사의 노력과 내 희생이 합쳐진 덕분에 한성 연쇄 살인 사건의 진범인 변춘제가 원래보다 훨씬 이른 시점에 검거됐다.

그리고 변춘제가 훨씬 이른 시점에 검거되면서 원래는 그에게 희생됐어야 할 사람들이 여럿 살아남게 됐다.

그들의 운명만 바뀐 것이 아니었다.

그들이 죽지 않고 살아남게 됨으로 인해서 그들의 가족과 주변 사람들의 운명도 바뀌게 될 것이었다.

"이거였어!"

하필 지금 페널티를 받게 된 이유에 대해서 알게 된 순간, 난 지그시 입술을 깨물었다.

전혀 후회가 없다면 거짓말이었다.

그러나 난 이미 이런 최악의 경우를 가정하고 실행에 옮겼었다.

누구의 강요가 아니라 내가 내렸던 선택.

내 선택으로 인해서 연쇄 살인범 변춘제에 의해 억울하게 희생당한 이들의 원한을 풀어 주었다는 것, 또, 향후 변춘제에 의해서 억울하게 희생당할 이들을 살려 냈다는 성취감이 후회보다 더 컸다.

"감사합니다. 살려 주셔서 감사합니다."

그리고 내 손을 잡고 살려 줘서 감사하다고 인사하던 여자
의 얼굴이 다시 떠오른 순간, 난 후회를 싹 지웠다.

"현재 내가 새롭게 할 수 있는 일은 없다."

후회가 사라지자, 비로소 현실을 받아들일 수 있었다.

페널티를 받은 지금 내가 새롭게 할 수 있는 일은 없다는
사실을 인정하자, 비로소 다음으로 해야 할 일이 떠올랐다.

*   *   *

"이 문제의 핵심은 공식을 어떻게 활용하느냐 하는 점이야.
하나의 공식이 아니라 두 개의 공식을 동시에 활용해서……."

'죽어라 공부한 보람이 있네.'

채수빈이 틀린 수학 문제를 풀어 주던 내가 속으로 생각했
다.

회귀 후 컬처 크리에이터라는 목표를 달성하기 위해서 한국
대학교 법학과에 진학하기로 결심했다.

그리고 수험생으로서 공부를 하는 과정에서 미래 지식은
별반 도움이 되지 않았다.

그래서 난 표현 그대로 죽어라 공부했다.

그리고 죽어라 공부해서 쌓았던 지식은 어디 가지 않았다.

페널티를 받아서 미래 지식을 알지 못한 상황이지만, 채수빈에게 과외를 하는 데는 아무런 문제도 없었다.

"와아! 선생님은 정말 대단하세요."

수학 문제 풀이를 마치자마자, 채수빈이 감탄했다.

"이제 다음 문제를 풀어 볼까? 보자, 다음 문제는……."

"선생님, 오늘은 여기까지만 해요."

"왜? 피곤해?"

"제가 아니라 선생님이 피곤해 보이세요."

"응?"

"혹시… 무슨 안 좋은 일 있으세요?"

나름대로 표정 관리에 신경을 썼지만, 역시 여자의 직감은 무섭다.

채수빈은 내게 안 좋은 일이 있다는 걸 단숨에 알아챘다.

"아니, 없어."

"진짜 별일 없는 거죠?"

"응."

"그럼 다행이고요. 선생님, 배고파요. 빨리 밥 먹으러 가요."

"그래."

채수빈과 함께 1층으로 내려오자, 양미향이 푸짐하게 준비한 음식 냄새가 코끝을 찔렀다.

"서 선생, 어서 오게."

식탁 상석에 앉은 채 내가 내려오길 오매불망 기다리고 있던 채동욱의 손에는 위스키 병이 들려 있었다.

"축하하네."

그리고 축하한다는 말을 건네는 채동욱에게 내가 의아한 시선을 던질 때였다.

"한성 연쇄 살인 사건의 진범이 잡힌 것 말이야."

무심코 술을 받던 내가 흠칫 놀랐다.

'어떻게 알았지?'

한성 연쇄 살인 사건의 진범인 변춘제를 검거한 사람은 서부지검 수사관인 김기철로 알려진 상황.

매스컴에도 김기철이 변춘제를 검거했다고 소개했다.

그런데 채동욱은 내게 한성 연쇄 살인 사건의 진범을 잡은 것을 축하한다고 말했다.

'이청솔 차장 검사님이 알려 준 건가?'

그로 인해 당혹스러워하던 내가 이내 착각했다는 사실을 깨달았다.

'잡은 게 아니라 잡힌 것이라고 했구나.'

그래서 쓴웃음을 머금었을 때, 채동욱이 덧붙였다.

"덕분에 '끝까지 잡는다'라는 영화가 재조명을 받고 있으니까 말일세."

"운이 좋았습니다."

내가 대답하자, 채동욱이 위스키를 한 모금 마신 후 말했다.

"정말 운이 좋았던 거라면… 서 선생은 운이 아주 좋은 사람이로군. 신생 투배사인 Now&New가 '끝까지 잡는다'의 흥행 덕분에 안정적으로 시장에 진입했으니까 말일세. 그런데… 나로서는 아쉬운 결과야."

채동욱은 못내 아쉬운 기색을 감추지 못하고 있었다. 그리고 나는 그가 아쉬운 기색을 감추지 못한 이유를 짐작했다.

내 만류로 인해 '밸류에셋'에서 Now&New에 투자를 하지 않았던 것 때문이리라.

"저도 이런 결과까지는 예측하지 못했습니다."

슬쩍 운을 떼자, 채동욱이 고개를 끄덕였다.

"하긴 어떤 영화가 흥행할지는 신도 모른다고 했으니까. 게다가 한성 연쇄 살인 사건의 진범이 하필 이 타이밍에 검거돼서 영화 흥행에 도움을 줄 것이라고 어느 누가 예측할 수 있었을까?"

Chapter. 5

탄식하듯 혼잣말을 꺼내던 채동욱이 다시 날 바라보았다.

"그래도 데일리 푸드에 투자했던 덕분에 꽤 괜찮은 투자 수익을 거둘 수 있었네. 그래서 말인데… 또 투자를 추천할 만한 기업이 있는가?"

똑같은 질문을 좀 더 이른 시점에 받았더라면?

내 머릿속에는 투자를 추천할 만한 기업이 수두룩하게 떠올랐으리라.

그러나 지금은 다르다.

페널티로 인해서 미래 지식이 더 이상 선명하게 떠오르지 않기 때문이다.

"딱히 떠오르는 기업이 없습니다."

그래서 내가 대답하자, 채동욱이 실망한 기색을 드러낸다.

"그런가?"

"굳이 투자처를 추천해 드리자면 유니버스 필름에서 새로 제작하는 영화입니다."

그리고 내가 이현주가 대표로 있는 유니버스 필름에서 새로 제작하는 영화에 투자하라고 제안하자, 채동욱이 의아한 시선을 던지며 물었다.

"혹시 싸웠나?"

"네?"

"'텔 미 에브리씽'과 'IMF', 그리고 '끝까지 잡는다'까지. 모두 유니버스 필름과 레볼루션 필름이 공동 제작 하지 않았나?"

영화가 돈이 된다는 사실을 알고 난 후, 채동욱은 달라졌다.

나와 이현주 대표가 함께 작품들을 공동 제작을 해 왔다는 사실도 알고 있었다.

"안 싸웠습니다."

"그런데 왜 레볼루션 필름의 이름은 뺀 건가?"

"이번에는 공동 제작에서 빠질 생각입니다."

'치명적인 그녀'.

이현주 대표에게 소개했던 차기작의 제목이었다.

차기작에 대해서 그녀에게 소개할 당시만 해도 난 당연히

'치명적인 그녀'를 공동 제작 할 생각이었다.

그러나 지금은 상황이 바뀌었기에 생각도 바뀌었다.

'내가 할 수 있는 게 없다.'

이런 결론을 내렸기에 난 이현주 대표에게 묻어가는 대신 '치명적인 그녀'의 제작에서 빠질 생각이었다.

"이유가 뭔가?"

채동욱이 이유에 대해서 물은 순간, 내가 대답했다.

"좀 쉬고 싶어서요."

＊　　　　　＊　　　　　＊

사무실은 언제나처럼 적막했다.

그렇지만 신세연은 더 이상 지루함을 느끼지 않았다.

새롭게 외국어 공부를 시작했기 때문이었다.

"Pay through the nose break the……."

이어폰을 낀 채로 영어 회화 공부에 집중하고 있던 신세연이 뒤늦게 인기척을 느끼고 고개를 들었다.

"대표님!"

그리고 백주민이 빤히 바라보고 있는 것을 확인한 신세연이 당황하며 벌떡 일어났다.

'벌써 저녁 식사 시간이 지났나?'

서둘러 시간을 확인한 신세연이 잠시 후 안도의 한숨을 내쉬었다.

저녁 식사 시간인 오후 6시 10분 전인 것을 확인했기 때문이었다.

그러나 안도도 잠시, 신세연이 고개를 갸웃했다.

'왜 대표님이 나와 계신 거지?'

지금까지 백주민은 식사 시간이 다 됐다고 자신이 부르기 전에 한 번도 먼저 나왔던 적이 없었다.

그런데 오늘은 자신이 부르기도 전에 먼저 나와 있었다.

"무슨 일 있으세요?"

그래서 백주민에게 묻자, 그가 고개를 끄덕였다.

"약속이 생겼습니다."

"아, 네."

"그래서 오늘은 신세연 씨와 함께 식사를 못 한다고 알려 드리기 위해서 좀 일찍 나온 겁니다."

"알겠습니다. 식사 맛있게 하세요."

신세연이 인사했을 때, 백주민이 지갑에서 봉투를 꺼냈다.

"받으세요."

"이게 뭔가요?"

"돈입니다."

"돈… 이요? 갑자기 돈은 왜……?"

"자기 계발비를 지원한다고 생각하십시오."

"……?"

"학원 다니세요. 외국어 회화는 원어민을 상대로 대화를 많이 해야 빨리 느니까요."

그 말을 끝으로 백주민이 사무실을 떠났다.

혼자 남겨진 신세연이 봉투를 열었다.

"일, 십, 백만 원?"

봉투 속에 든 수표는 백만 원권이었다.

자기 계발비의 액수도 신세연을 놀래켰지만, 그보다 더 그녀를 놀래킨 것은 백주민이 자신이 외국어 회화 공부를 하고 있다는 사실을 알고 있다는 점이었다.

"어떻게… 아신 거지?"

백주민은 자신에게 아무런 관심도 없다고 생각했는데.

그게 아니었다는 사실을 깨달은 순간, 신세연의 뺨이 붉게 달아올랐다.

*   *   *

팔팔.

소고기 전골이 끓기 시작하자, 백주민이 국자로 건더기와 국물을 떠서 앞접시에 담은 후 내 앞에 내려놓았다.

"한번 드셔 보시죠."

"감사합니다."

숟가락을 들어서 전골 국물을 떠먹은 후 난 감탄성을 내뱉었다.

"맛있네요."

"그렇죠? 신세연 씨가 소개해 줘서 알게 된 곳인데 정말 맛있었습니다. 그래서 꼭 서진우 씨와 함께 와 보고 싶었습니다."

"맛있는 곳에 데려와 주셔서 감사합니다."

"별말씀을요. 그리고 굳이 감사를 하려면 제가 아니라 발품을 판 끝에 이곳을 찾아내서 알려 준 신세연 씨에게 해야 합니다."

'표정이… 밝네.'

신세연을 언급하는 백주민의 목소리는 잔뜩 상기되어 있었다.

그때, 가게 벽에 설치된 TV에서 한성 연쇄 살인 사건의 진범이 잡혔다는 뉴스가 나왔다.

"한성 연쇄 살인 사건을 수사하는 검찰이 중간 수사 결과를 발표했습니다. 변 모 씨는 범행 일체를 자백했고, 지금까지 알려진 사건 외에 실종된 것으로 알려졌던 양 모 씨를 살해했다는 사실도 실토했다고 밝혔습니다. 잔혹한 범행 수법에 시민들의 분노가 커져가고 있는 가운데……."

앵커가 전하는 뉴스를 바라보던 백주민이 소주병을 들

었다.

"한잔 받으시죠."

쪼르륵.

내가 들어 올린 술잔에 소주를 채우며 백주민이 말했다.

"고생하셨습니다."

"네."

이청솔이나 이현주를 상대할 때와는 달랐다.

백주민은 나와 같은 회귀자.

그리고 내가 변춘제를 검거하는 데 있어서 주도적인 역할을 했다는 사실을 이미 알고 있었다.

그래서 순순히 인정한 후 백주민에게 말했다.

"이제 좀 쉴까 생각 중입니다."

"네?"

"그동안 너무 열심히 살았더니 좀 피곤하네요."

이런 얘기를 꺼낼 것이라고는 예상치 못했던 탓일까.

백주민은 두 눈을 크게 뜨고 놀란 표정을 감추지 못하고 있었다.

그런 그에게 내가 덧붙였다.

"다행이라고 생각합니다."

"뭐가 말입니까?"

"백주민 씨와 함께라는 것 말입니다."

"⋯⋯?"

"제가 믿을 수 있는 분이니까요."

페널티를 받은 지금, 난 회귀자의 가장 큰 무기인 미래 지식을 활용할 수 없게 됐다.

그렇지만 다행인 것은 SB컴퍼니에는 또 다른 회귀자가 함께 근무하고 있다는 점이었다.

그 회귀자는 바로 백주민.

잠시 후 백주민의 입가로 미소가 번졌다.

"믿어 주셔서 감사합니다."

그런 그에게 내가 다시 말했다.

"SB컴퍼니는 백주민 씨가 잘 이끌어 주실 거라 믿습니다."

"맡겨 주십시오."

백주민이 힘주어 대답한 후 질문했다

"서진우 씨는 쉬는 동안 뭘 하실 생각입니까?"

"가장 시급한 문제를 해결하려고 합니다."

"가장 시급한 문제라면……?"

"군대 문제입니다."

*　　　　*　　　　*

─당신은 세상의 균형을 해치기에 충분한 지나친 간섭 행위를 했습니다. 그로 인해 페널티가 주어집니다.

내가 받았던 메시지는 언제나 그렇듯이 불친절하기 짝이 없었다.

페널티의 정체도 알려 주지 않았고, 페널티가 지속되는 시간도 알려 주지 않았다.

얼마 지나지 않아서 페널티의 정체에 대해서는 알아냈지만, 페널티가 지속되는 시간은 여전히 알 수 없는 상황이었다.

'뭘 해야 할까?'

그로 인해 불평하며 고민하던 내가 떠올린 것은 입대 영장이었다.

회귀를 해서 다시 살 수 있는 기회를 얻은 것.

무척 감사한 일이었다.

그렇지만 단점도 있었다.

고3 시절로 회귀를 했기에 다시 군대를 가야 한다는 점이었다.

'차라리 입대를 할까?'

이미 어느 정도 기반을 닦아 둔 상황.

그래서 페널티를 받은 지금 시간을 이용해서 군대를 다녀오는 것에 대해서도 고민해 보았다.

그런데 다시 군대에 갈 생각을 하니 너무 억울하고 막막했다.

'너무 길어!'

일단 군복무 기간이 너무 긴 것이 마음에 걸렸고, 이미 다녀왔던 군대를 또 가야 한다는 것도 너무 억울했다.

"철원 쪽으로는 오줌도 안 싸기로 결심했었잖아."

내 복무지는 강원도 철원에 위치한 부대였다.

군복무 시절에 워낙 고생을 많이 했고 좋지 않은 추억이 많았기에 제대를 한 이후에 강원도 쪽은 놀러도 가지 않기로 결심했을 정도로 치가 떨렸다.

그렇기에 재입대(?)를 해서 그 악몽 같은 시간을 한 번 더 경험하는 것은 아무리 생각해도 너무 억울하단 생각이 들었다.

"백주민 씨는 군대에 다녀오셨습니까?"

"물론 다녀왔습니다. 육군 병장 만기 제대였죠."

"한 번만 다녀왔습니까?"

"네?"

"군대 말입니다. 한 번만 다녀오셨습니까?"

"그야 당연한 것 아닙니까? 어떤 미친놈이 군대를 두 번씩이나 다녀옵… 아……."

불현듯 백주민과 나누었던 대화가 되살아났다.

군대를 한 번만 다녀왔냐는 내 질문을 받은 백주민은 당연히 한 번만 다녀왔다고 대답하던 와중에 말을 멈추었다.

그리고 더 이상 말을 잇지 못한 채 내게 안쓰럽고 안타까운 시선을 던졌다.

'제대한 후의 시점으로 회귀한 거야!'

진심으로 백주민이 부럽다는 생각이 들었다. 그리고 새삼 재입대를 하는 것은 너무 억울하단 생각이 들었다.

그래서 내가 떠올린 것은 군 면제를 받는 방법이었다.

'합법적으로 군 면제를 받을 수 있는 방법이 뭐가 있을까?'

그리고 군 면제를 받을 수 있는 방법에 대해서 고민하던 내가 찾아낸 답은 운동이었다.

스포츠 스타들은 올림픽이나 아시안 게임에서 메달을 따면 국위 선양을 한 보상으로 군 면제가 주어졌다.

만약 예전의 나였다면, 감히 올림픽이나 아시안 게임에서 메달을 따서 군 면제를 받을 엄두조차 내지 못했을 것이었다.

그러나 지금은 상황이 바뀌었다.

바로 태극일원공 때문이었다.

"감사합니다."

난 일단 한반도의 이름 없는 영웅이자 내게 태극일원공을 전수해 준 무휼에게 감사 인사부터 했다.

무휼이 태극일원공을 전수해 준 이유는 내 안위를 걱정해서였다.

그리고 실제로 태극일원공 덕분에 위험한 순간을 넘겼던 적도 여러 차례였고.

그런데 무휼이 전수해 준 태극일원공은 전혀 예상치 못했던 방향에서 또 한 번 도움이 되고 있었다.

"방콕 아시안 게임!"

지금은 1997년.

2000년에 개최될 시드니 올림픽까지 기다리기에는 너무 멀었다.

그래서 내가 떠올린 것은 1998년에 개최되는 방콕 아시안 게임이었다.

'검도 국가 대표가 된 후에 방콕 아시안 게임에서 메달을 따서 군 면제를 받자.'

태극일원공을 익힌 난 당연히 검도 국가 대표로 아시안 게임에 출전해서 메달을 딴 후 군 면제를 받겠다는 플랜을 짰다.

그리고 내가 짠 플랜이 얼마나 한심했는가를 깨닫는 데는 오래 걸리지 않았다.

*   *   *

집 근처 검도 체육관으로 찾아갔다.

"검도 국가 대표가 되어 아시안 게임에 출전해서 메달을 따고 싶습니다."

관장을 만난 후, 원대한 포부를 밝혔다.

하지만 관장은 날 응원해 주지 않았다.

대신 날 한심하게 바라보며 충격적인 소식을 알려 주었다.

"검도는 아시안 게임의 정식 종목이 아닙니다."

검도가 아시안 게임 정식 종목이 아니라는 사실은 날 당혹
스럽게 만들기에 충분했다.

그로 인해 난 계획을 변경할 수밖에 없었다.

*   *   *

일단 아시안 게임 정식 종목에 대해서 조사를 마친 난 검도
에서 펜싱으로 갈아 타기로 결정을 내렸다.

그리고 펜싱으로 갈아 타기로 결정을 하긴 했지만 무척 막
막했다.

펜싱에 대해서 문외한이나 다름없었기 때문이었다.

올림픽에서 펜싱 경기 중계를 해 줄 때 누워서 몇 번 본 것
이 전부이기에 펜싱의 경기 룰에 대해서도 몰랐다.

"일단 들이대 보자."

당장 펜싱 학원을 찾는 것조차 쉽지 않았다.

수소문을 한 끝에 난 간신히 신림에 펜싱 학원이 있다는
사실을 알아내고 바로 찾아갔다.

신복동 펜싱 클럽.

간판을 확인하고 건물 3층으로 올라갔다.

문을 열고 안으로 들어갔지만, 체육관 안은 적막하리만치
조용했다.

'문 닫은 것 아냐?'

내가 당황했을 때, 30대 중반의 삐쩍 마른 남자가 형형한 눈빛을 쏘아 내며 앞으로 다가왔다.

"무슨 일로 찾아왔지?"

"몇 가지 여쭤볼 게 있어서 찾아……"

"강남의 에듀 펜싱 클럽을 찾아가."

"……?"

"진학 때문에 찾아온 것 아냐?"

'진학? 무슨 소리지?'

내가 영문을 모르겠단 표정을 짓고 있자, 남자가 다시 물었다.

"대학 진학 때문에 여기 찾아온 것 아냐?"

"아닙니다, 저는 대학생입니다."

"그래? 펜싱 배우면 해외에 있는 명문 대학에 진학할 수 있다는 헛소문을 듣고 여기 찾아온 줄 알았지."

"그게 가능합니까?"

"잘하면 가능하지."

"그럼 헛소문은 아니지 않습니까?"

"말 그대로 아주 잘해야 해. 그러니까 펜싱을 배워서 해외 명문 대학에 진학할 수 있다는 것은 사기에 가깝지."

전혀 몰랐던 사실을 알게 된 내가 고개를 끄덕일 때였다.

"그럼 여긴 왜 찾아온 거야?"

"펜싱을 배우고 싶어서 찾아왔습니다."

"취미로 배우고 싶어서 찾아왔다?"

"취미로 배우려는 것은 아닙니다."

"그럼?"

"펜싱 국가 대표로 아시안 게임에 출전해서 메달을 따고 싶습니다."

내가 원대한 포부를 밝히자, 남자가 말했다.

"그냥 미친놈이네, 나가."

*   *   *

펜싱 국가 대표.

세계 선수권 펜싱 사브르 부문 4위.

신복동이 선수 시절 남긴 기록이었다.

그리고 신복동의 선수 시절 꿈은 아시안 게임에 국가 대표로 출전해서 메달을 따는 것이었다.

펜싱 종주국인 프랑스를 비롯해서 유럽 최고의 선수들이 모두 출전했던 세계 선수권에서 4위에 올랐으니까, 아시안 게임에 출전해서 메달을 따는 것은 절대 불가능한 꿈이 아니었다.

그렇지만 신복동은 결국 아시안 게임 메달리스트라는 꿈을 이루지 못했고, 그 점이 두고두고 아쉬웠다.

그래서 은퇴를 한 후 사업을 하다가 그만두고 펜싱 클럽을 차리기로 결심했다.

자신의 지도를 받은 선수가 자신이 끝내 이루지 못했던 아시안 게임 메달리스트가 되는 것을 바랐기 때문이었다.

그러나 펜싱 클럽을 차린 후, 신복동은 절망했다.

검도나 태권도와 비교해서 생소하기 짝이 없는 펜싱을 배우기 위해서 찾아오는 학생이나 일반인은 거의 없었다.

그러던 어느 날, 갑자기 중고등학생들이 펜싱 클럽을 우르르 찾아온 적이 있긴 했지만, 펜싱을 좋아해서 배우러 온 것이 아니었다.

펜싱을 배우면 특기생으로 해외 유명 대학에 진학할 수 있다는 소문이 퍼져서 찾아왔던 것이었다.

그러나 신복동은 학생들을 모두 돌려보냈다.

그 소문이 사기에 가까운 헛소문임을 알고 있었고. 자신의 이름을 내건 펜싱 클럽을 차린 이유는 후계자를 양성하기 위함이었기 때문이었다.

'헛된 욕심이었나?'

펜싱 클럽을 연 후 제자를 키워서 아시안 게임 메달리스트로 만들겠다는 꿈이 과욕이었단 생각을 하고 있을 때, 서진우가 불쑥 찾아왔다.

"펜싱 국가 대표로 아시안 게임에 출전해서 메달을 따고 싶습니다."

그리고 서진우가 밝힌 포부에 대해서 들은 순간, 신복동은 화가 치밀었다.

아시안 게임 메달리스트가 되는 것.

무척 어려운 일이었다.

아니, 국가 대표가 되는 것만도 어려운 일이었다.

그런데 서진우는 펜싱 국가 대표로 아시안 게임에 출전해서 메달을 따고 싶다는 이야기를 너무 쉽게 했다.

그 점이 신복동의 심기를 거스른 것이었다.

그래서 더 상대하지 않고 쫓아내려고 했는데.

서진우는 체육관을 떠나지 않고 꿋꿋하게 버티고 있었다.

"후우!"

한숨을 내쉰 신복동이 빈 의자에 앉으라고 자리를 권한 후 입을 뗐다.

"어디 들어나 보자. 재수하려는 거야?"

"재수… 요?"

"지금 다니는 대학이 별로라서 외국 대학으로 옮기고 싶어서 펜싱을 하려는 것 아니냐고?"

"지금 다니는 대학에 만족하고 있는데요."

"그래? 어느 대학 다니는데?"

"한국대학교요."

"한국대학교?"

신복동이 깜짝 놀란 순간, 서진우가 지갑에서 학생증을 꺼내서 보여 주었다.

한국대학교, 그것도 법학과 학생임을 확인한 신복동이 놀란 시선을 던질 때, 서진우가 말했다.

"재수할 생각 없습니다. 아주 어렵게 들어간 대학이거든요."

"그럼 대체 이유가 뭐야?"

"국위 선양!"

"⋯⋯?"

"방콕 아시안 게임에서 메달을 따서 국위 선양을 하는 것이 목표라고 말씀드리면⋯ 당연히 안 믿으시겠죠?"

"잘 아네."

신복동이 실소를 흘린 후 다시 물었다.

"진짜 이유가 뭐야?"

"군 면제입니다."

"군 면제를 받기 위해서 아시안 게임에 출전해서 메달을 따겠다?"

"네."

예상치 못했던 대답을 들은 신복동이 황당한 표정을 지었다.

"얘기 잘 들었다. 이제 집에 가."

"내일부터 나올까요?"

"아니, 다신 찾아오지 마. 아시안 게임에서 메달 따는 게 애들 장난인 줄 알아? 완전히 미친 놈⋯⋯."

"멀쩡합니다. 그리고 자신 있습니다."

"자신이 있다고?"

"네."

서진우가 씩 웃으며 제안했다.

"제가 관장님의 못다 이룬 꿈을 이뤄 드리겠습니다."

＊　　　＊　　　＊

관장 신복동에 대해서 깊이 조사한 것은 아니다.

그렇지만 그가 차를 타기 위해서 잠시 자리를 비운 사이, 난 체육관 내부를 살펴보았다. 그리고 벽에 걸려 있는 사진 덕분에 신복동이 펜싱 세계 선수권에 출전했던 국가 대표였다는 사실을 알 수 있었다.

"내 꿈이 뭔지 알아?"

"네, 아시안 게임 메달리스트를 배출하는 것 아닙니까?"

"그걸 어떻게……?"

"세계 선수권에 출전한 사진은 있는데 아시안 게임이나 올림픽에 출전해서 메달을 딴 사진은 안 보이더라고요. 그래서 관장님이 아시안 게임 메달리스트는 되지 못했다는 것을 짐작했죠. 그리고 아까 대화해 보니 돈을 벌 목적으로 체육관을 차리신 건 아닌 것 같았고요. 그러니 남는 것은 하나뿐이죠. 체육관을 차려서 후계자를 양성해 본인의 못다 이룬 꿈인 아시안 게임 메달리스트를 배출하는 것."

내 추측이 정확했기 때문일까.

신복동은 입을 쩍 벌린 채 놀란 표정을 감추지 못하고 있었다.

"괜히 한국대학교 법대생이 된 게 아니네."

그리고 날 바라보는 신복동의 시선은 아까와는 바뀌어 있었다.

"머리 좋은 것은 인정. 그런데 머리 좋은 것과 몸을 쓰는 것은 달라. 아시안 게임에 출전해 메달을 딴다? 내가 보기엔 국가 대표로 선발되는 것도 불가능할 것 같은데?"

"제가 운동 신경이 좋은 편입니다."

"펜싱 해 본 적이 있긴 해?"

"없습니다."

"……?"

"솔직히 말씀드리면 룰도 모릅니다."

"기가 막히는군. 펜싱을 해 본 적도 없으면서 아시안 게임에 출전해서 메달을 따겠다고? 내가 지금 뭘 하고 있는 건지."

신복동이 고개를 절레절레 흔들었다.

그런 그가 보이는 반응은 어쩌면 당연한 반응이었다.

그래서 내가 제안했다.

"못 미더우시면 테스트를 한번 해 보시죠."

"테스트?"

"제가 헛소리를 하는 건지, 정말 가능성이 있는 건지 테스트를 해 보시라는 겁니다."

신복동이 팔짱을 낀 채 잠시 고민한 후 입을 뗐다.

"그럼 테스트에 불합격하면 군말 없이 돌아가겠다고 약속해."

             ＊   ＊   ＊

"펜싱은 서양의 검술에서 유래한 종목이야. 종주국은 프랑스, 우리나라를 비롯한 아시아권에서는 엘리트 체육으로 인식되는 비인기 종목이지만, 유럽에서는 펜싱이 대중적인 생활 체육 중 하나야. 북미에서도 인기를 끌면서 대학 입시에 펜싱이 반영되기 시작됐지. 이게 펜싱을 배우면 해외 명문 대학에 입학할 수 있다고 떠드는 사기꾼들이 늘어나는 이유고. 하긴 중요한 건 그게 아니지. 펜싱은 세 종목으로 나뉘어. 플뢰레, 에페, 사브르가 그 세 종목이고 각각 개인전과 단체전이 치러지지. 플뢰레와 에페, 사브르의 차이점은 공격 방식과 유효면, 우선권이야. 플뢰레와 에페는 찌르기만 가능하지만, 사브르의 경우는 칼날로 베기가 가능하다는 차이점이 있는데… 내가 지금 이걸 설명하는 게 무슨 의미가 있을까? 테스트는 간단하게 하지."

테스트를 앞두고 펜싱에 대해서 간략하게 설명하던 신복동이 의미가 없다는 판단을 내리고 도중에 그만두었다.

"자, 받게."

신복동이 손에 잡힌 사브르를 건넸다.

펜싱용 칼 중 하나인 사브르를 처음 접하기 때문일까.

서진우는 신기한 듯 사브르를 살피면서 올렸다가 내렸다가를 반복한 후 질문했다.

　"테스트는 어떤 방식으로 진행됩니까?"

　"간단해."

　신복동이 쓰레기통을 뒤져서 빈 캔을 꺼내서 들어 올렸다.

　"내가 이 캔을 허공에 던져 올릴 거야. 자네가 사브르로 찔러서 이 캔을 건드릴 수 있으면 테스트는 통과하는 걸로 하지."

　"너무… 쉬운데요."

　서진우가 자신 있는 목소리로 너무 쉽다고 말했다.

　그러나 신복동은 속으로 코웃음을 쳤다.

　움직이는 표적을 사브르로 정확히 가격하는 것이 생각처럼 쉬운 일이 아니라는 사실을 잘 알고 있어서였다.

　"기회는 딱 한 번뿐이야. 만약 실패해서 테스트에 통과하지 못하면 아까 약속한 대로 군말 없이……."

　"빨리 테스트 시작하시죠."

　서진우의 재촉을 받은 신복동이 지체 없이 허공에 캔을 던졌다.

　호선을 그리며 캔이 날아가기 시작한 순간, 서진우가 앞으로 오른발을 내디디며 사브르를 내뻗었다.

　'자세는 그럴듯하군!'

　펜싱을 한 번도 해 본 적 없다고 밝혔던 서진우의 자세는 그럴듯했다. 그리고 쭉 뻗은 사브르는 빈 캔을 정확히 때렸다.

아니, 빈 캔을 때린 게 아니라 꿰뚫었다.

그 일련의 과정을 지켜보던 신복동이 깜짝 놀라서 두 눈을 크게 떴을 때, 사브르에 꿰뚫린 빈 캔을 무심하게 바라보며 서진우가 말했다.

"너무 쉽다니까요."

"어떻게……?"

"이제 테스트는 통과한 건가요?"

*   *   *

'펜싱 국가 대표로 발탁돼서 방콕 아시안 게임에 출전해서 메달을 따서 군 면제를 받자.'

이렇게 결심을 하긴 했지만, 사실 막막했다.

난 펜싱이란 스포츠 종목에 대해서 문외한이나 마찬가지였기 때문이었다.

그래서 곁에서 도움을 줄 수 있는 사람이 필요했고, 난 신복동을 선택했다.

"어떻게… 한 건가?"

사브르를 뻗어 빈 캔을 꿰뚫는 모습을 지켜본 신복동은 놀란 기색이 역력했다.

"빈 캔의 궤적을 유추하고 칼로 찔렀죠."

"이게 절대 쉬운 게 아닌데……."

"테스트가 너무 쉽다고 말씀드렸잖습니까?"

내가 테스트를 통과하고 나자, 신복동의 눈빛과 태도가 바뀌었다.

"정말 펜싱을 한 번도 해 본 적이 없나?"

"네."

"그럼 검도를 배웠나?"

엄밀히 말하면 난 검도를 배운 적이 없었다.

검도 학원에 다닌 적이 없었으니까.

"검도 비스무리한 것을 익히긴 했습니다."

"그럼 검도를 계속할 것이지, 왜 펜싱을 하려는 건가?"

"검도는 아시안 게임 정식 종목에 포함되지 않아서요."

"⋯⋯?"

"아까 제 목표가 아시안 게임에서 메달을 따서 군 면제를 받는 것이라고 말씀드렸지 않습니까? 그래서 검도와 가장 비슷한 펜싱을 하려는 겁니다."

신복동이 사브르 한 자루를 집어 들며 말했다

"이제 두 번째 테스트를 진행하지."

"두 번째 테스트요?"

테스트가 또 있다는 사실은 몰랐던 내가 억울한 표정을 지었지만, 신복동은 아랑곳하지 않고 말을 이었다.

"아까 내가 펜싱이 플뢰레와 에페, 사브르, 세 종목으로 나뉜다고 말했지? 우선 플뢰레에 대해서 설명하면 몸통만이 타

점이야. 칼끝에 있는 포인터로 몸통을 찔러야만 점수를 받을 수 있다는 거지. 몸통을 정확히 칼끝으로 찔러야만 점수가 인정되기 때문에 근접전에서 치열한 공방이 일어나고, 박진감이 있기 때문에 보는 재미가 있는 종목이야. 그래서 아마추어와 프로를 막론하고 가장 두터운 선수층을 지니고 있지. 다음 에페는 전신이 유효면이야. 그리고 우선권이 존재하지 않아서 둘이 동시에 찌르더라도 모두 점수가 인정되지. 마지막 사브르는 아까 소개한 플뢰레와 에페와는 큰 차이점이 하나 있어. 바로 베기 위주의 공격이 이뤄진다는 점이야. 물론 찌르기 공격도 가능하지만, 베기 공격이 속도 및 타격 면의 넓이 등에서 유리하기 때문이지. 그리고 내가 판단하기에 자네에게는 세 종목 중 사브르가 가장 어울릴 것 같군."

그 이야기를 들은 내가 반문했다.

"왜 사브르가 가장 어울린다는 겁니까?"

"이유는 크게 두 가지야. 첫 번째 이유는 자네가 검도를 배웠기 때문이지. 그래서 찌르기 공격보다는 베는 공격 위주인 사브르 종목이 유리하단 판단을 내렸지. 두 번째 이유는 자네의 목표가 아시안 게임에서 메달을 따는 것이기 때문이지. 플뢰레와 에페보다는 사브르의 선수층이 더 얇은 편이거든. 특히 아시안 게임에서는 더욱 그런 편이지."

'내게 딱 필요한 조언!'

지금 신복동이 해 주는 조언이 펜싱에 문외한이나 다름없는 내게 큰 도움이 됐다.

'잘 찾아왔어!'

신복동 펜싱 클럽을 찾아온 것을 잘한 선택이라고 속으로 생각하고 있을 때, 신복동이 말을 이었다.

"아까 말한 두 번째 테스트는 대결이야."

"관장님과 제가 대결한다는 겁니까?"

"그래."

"그럼 경기 룰부터 좀 알려 주시죠."

난 사브르 종목의 경기 룰도 모르는 상황.

그래서 경기 룰을 알려 달라고 부탁하자, 신복동이 대답했다.

"15점을 먼저 얻는 게 규칙이야. 그리고 사브르의 경우는 플뢰레나 에페와 달리 상체 공격을 적중시켰을 때만 점수를 얻을 수 있지. 규칙이 몇 가지 더 있지만 이 정도만 설명하고 일단 넘어가지. 지금 우리는 정식 경기를 하려는 게 아니라 테스트를 하려는 거니까. 난 5점을 획득할 거야. 만약 그 전에 자네가 한 점이라도 획득하면 자네가 테스트에 합격한 것으로 간주하지."

"알겠습니다."

'상체 공격, 그리고 베기 공격이 포인트!'

내가 속으로 되뇌고 있을 때, 신복동이 말했다.

"보호 장구부터 착용하지."

"그러시죠. 다칠 수도 있으니까요."

"지금… 내가 다칠 수도 있다고 걱정한 건가?"

"네."

"어이가 없군. 난 괜찮으니 자네 걱정이나 해."

"보호 장구를 착용하지 않으시겠다는 겁니까?"

"그래, 타격을 허용하지 않을 테니까."

신복동이 자신만만한 목소리로 대답했다.

그 대답을 듣고 나자, 호승심이 치솟았다.

"저도 됐습니다."

"보호 장구를 착용하지 않겠다고?"

"네."

"이따 후회하지 말고 보호 장구를 착용하지 그래?"

"됐습니다."

"난 미리 경고했어. 그럼 시작해 볼까?"

신복동이 두 번째 테스트의 시작을 알렸다.

"후우!"

가볍게 숨을 내쉬며 사브르를 고쳐 쥐었을 때, 신복동이 자세를 잡았다.

'특이한 자세!'

사브르를 쥔 왼손을 아래로 늘어뜨린 채 엉거주춤하게 선 신복동의 자세는 낯설었다.

'왼손잡이!'

뒤늦게 그가 왼손잡이란 사실을 파악한 순간이었다.

탓.

신복동이 점프하듯 발을 내디디면서 왼손에 들려 있던 사브르를 위로 쳐올렸다.

쉬이익!

'빠르다!'

짐작했던 것보다 훨씬 더 빠른 사브르의 속도에 살짝 당황하며 나도 사브르를 위에서 아래로 휘둘렀다.

내 계획은 신복동이 휘두르는 사브르를 막아 세우는 것.

채앵.

그 계획이 성공한 순간, 신복동의 사브르가 재차 파고들었다.

푹!

사브르 칼끝이 내 왼쪽 가슴을 찔렀다.

"크윽!"

예상보다 강한 통증에 내가 신음성을 흘린 순간, 신복동이 말했다.

"이제 넉 점 남았어."

'나는 절대로 패하지 않는다!'

이런 확신이 깃들어 있는 자신감이 넘치는 신복동의 표정을 확인한 내가 손에 들려 있는 사브르를 내려다보았다.

'내가… 공격을 허용했다?'

무휼에게 태극일원공을 전수받은 후, 단 한 번도 패한 적이 없었다.

열 명이 넘는 현직 조폭들도 가볍게 물리쳤었고.

그래서 목검 한 자루만 손에 들고 있으면 절대 패하지 않을 거란 자신감이 생겨 있는 상황이었는데.

신복동과 일대일 대결에서 공격을 허용하면서 패한 순간 당혹스러운 감정이 깃들었다.

'왜… 공격을 허용한 거지?'

그리고 내가 일대일 대결에서 패한 이유에 대해서 고민할 때였다.

"왜 공격을 허용했는지 알려 줄까?"

"……?"

"검도와 펜싱의 차이 때문이야."

'검도와 펜싱의 차이?'

내가 그 말을 속으로 되뇔 때, 신복동이 덧붙였다.

"테스트가 끝나기 전까지 그 차이를 알아채지 못한다면 자 넨 절대 테스트를 통과하지 못할 거야. 아니, 설령 그 전에 알 아챈다고 해도 달라질 것은 없겠지."

그리고 신복동은 오래 생각할 시간을 주지 않았다.

탓, 쐐애액.

말을 마치자마자 바로 두 번째 공격을 시도했다.

'찌르기!'

첫 공격이 베기 공격이었던 것과 달리 두 번째 공격은 찌르 기 공격으로 시작했다.

'쳐 내고 반격!'

빠르게 머릿속으로 계산을 마친 내가 사브르를 휘둘렀다.

아랫배 부근을 노리고 찔러 오는 신복동의 사브르를 쳐 내고, 바로 반격을 할 계획이었는데.

푹.

이번에도 내 계획대로 상황은 흘러가지 않았다.

신복동의 사브르 끝은 내 옆구리 부근을 스치고 지나갔다.

아까와 다른 점은 살짝 스치며 닿기만 했던 터라 내가 신음성을 흘리지 않았다는 것이었다.

"이제 석 점 남았네."

한 점을 더 획득하는 데 성공한 신복동이 흥이 오른 목소리로 소리쳤다.

'너무… 빨랐어!'

두 번째 실점을 허용한 이유는 내가 계산했던 것보다 신복동의 사브르를 쳐 낸 것이 더 이른 시점이어서였다.

'목검보다 사브르가 가벼워서 그래!'

타이밍이 어긋나 버렸던 이유에 대한 답을 얼마 지나지 않아서 찾아낸 순간, 신복동이 세 번째 공격을 시작했다.

탓, 쐐애액.

'또 찌르기 공격!'

두 번째 공격과 마찬가지로 찌르기 공격.

차이가 있다면 신복동의 사브르 끝이 노리고 파고드는 지점이 아랫배 부근에서 왼 어깨로 바뀌었다는 것뿐이었다.

'반박자 늦춘다!'

타이밍이 너무 빨랐던 이유가 목검과 사브르의 무게 차이 때문임을 파악했기에 이번에는 의식적으로 반박자를 늦추며 사브르를 위에서 아래로 내려쳤다.

채앵!

그리고 반박자를 늦추며 사브르를 내려친 효과는 있었다.

내가 휘두른 사브르가 찌르기 공격을 시도하던 신복동의 사브르를 쳐 내는 데 성공했기 때문이었다.

샤삭.

그러나 내 후속 공격은 이어지지 못했다.

신복동의 사브르가 내 아랫배를 가볍게 스치고 지나갔기 때문이었다.

"이제 두 점 남았군."

신복동이 즐거워 죽겠다는 표정으로 테스트 종료까지 두 점밖에 남지 않았다는 사실을 상기시켰다.

부웅.

그 이야기를 들으며 내가 빈 허공에 사브르를 가볍게 휘둘렀다.

'이번엔… 조금 늦었어!'

목검과 달리 사브르는 손에 익지 않았다.

그래서 완벽하게 통제하는 것이 불가능했다.

이번에도 내려치는 속도가 조금 늦었던 탓에 신복동의 사브르를 제대로 쳐 내지 못하며 공격을 허용했던 것이었다.

'이제 사브르의 무게에는 적응했어.'

부우웅.

지난 두 차례와 달리 사브르를 완벽하게 컨트롤할 수 있다는 자신이 생겼다.

'검도와 펜싱의 차이!'

재차 허공에 사브르를 휘둘렀던 내가 떠올린 것은 아까 신복동이 했던 이야기였다.

'그 차이가 대체 뭘까?'

신복동을 상대로 한 점을 빼앗아 테스트를 통과하기 위해서는 검도와 펜싱의 차이를 파악하는 것이 중요하단 생각이 들었다.

그렇지만 문제는 남은 점수가 별로 없다는 점이었다.

그래서 다음 공격을 준비하는 신복동을 확인하고 내가 미간을 찌푸렸을 때였다.

탁, 쉬이익.

신복동은 지체 없이 네 번째 공격을 시작했다.

이번에는 베기 공격.

내가 뒤로 한 걸음 물러나며 신복동이 휘두르는 사브르의 공격 반경에서 벗어나기 위한 시도를 했다.

쉬익.

그리고 바로 반격을 시도했다.

푹.

퍼억.

타격음이 잇따라 흘러나왔다.

신복동의 사브르 끝이 내 왼쪽 어깨를 찌른 것과 내 사브르가 그의 옆구리를 때린 것은 거의 동시였다.

'내가… 늦었어.'

그러나 미세한 차이로 신복동의 사브르 끝이 내 왼쪽 어깨를 찌른 것이 더 빨랐다.

"마지막 한 점 남았어."

신복동이 소리친 순간, 내가 속으로 대답했다.

'이번엔 다를 겁니다.'

*   *   *

"마지막 한 점 남았어!"

신복동이 웃으며 소리친 후, 속으로 신음성을 삼켰다.

퍼억.

네 번째 포인트를 올리는 과정에서 처음으로 서진우의 사브르가 옆구리를 때렸다.

'내가 타격을 허용할 줄이야!'

두 번째 테스트를 시작하기 전, 타격을 허용하지 않을 테니

보호 장구를 착용할 필요가 없다고 말했던 것.

허세를 부렸던 것이 아니었다.

서진우는 펜싱 생초보.

그래서 서진우에게 타격을 허용하지 않을 확신이 있었다.

그런데 신복동의 확신이 빗나갔다.

비록 점수를 빼앗기지는 않았지만, 서진우에게 타격을 허용했으니까.

'하마터면… 실점할 뻔했어!'

신복동이 마른침을 꿀걱 삼켰다.

사브르의 특징 중 하나.

찌르기보다 베기 공격이 유리하기 때문에 공방 시간이 무척 짧고 강렬하다는 점이었다.

사브르의 락아웃 시간은 170ms.

즉, 상대방이 공격을 시작하면 무조건 0.17초 이내에 반격을 해야만 적어도 동시타가 된다는 것이었다.

그러나 아무리 천부적인 반사 신경을 가진 선수라고 해도 0.17초 안에 판단하고 반격을 하는 것은 불가능에 가깝다.

그래서 사브르 종목에서는 공격을 먼저 펼치는 것이 무조건 유리했다.

그런데… 서진우는 조금 전 불가능에 가까운 일을 해냈다.

*   *   *

신복동은 은퇴한 지 오래.

그렇지만 꾸준히 운동을 해 왔기에 서진우가 동시타를 만들어 내기 위해서는 최대 0.17초 안에 판단하고 반격을 가해야 했다. 그리고 서진우는 그 어려운 일을 성공시켰다.

네 번째 포인트를 획득할 당시에는 거의 동시타나 다름없었으니까.

'운동 신경이 천부적이라는 것은 인정해야 해.'

신복동이 속으로 생각하며 사브르를 고쳐 쥐었다.

'땀이… 난다?'

사브르를 움켜쥔 왼 손바닥에 땀이 흥건하게 고여 있었다.

자신이 긴장하고 있다는 증거.

그때였다.

탓.

서진우가 먼저 전진하면서 사브르를 위에서 아래로 내려쳤다.

'생각이 너무 많았어!'

아까도 말했듯이 사브르 종목의 경우 선제공격을 펼치는 편이 무조건 유리했다. 그런데 아까 타격을 허용했던 것에 대해서 너무 신경을 쓰다가 공격 타이밍을 놓쳐 버린 것이었다.

부웅.

오른쪽 어깨를 노리고 떨어지는 서진우의 사브르는 빨랐다.

'막고 찌른다!'

선제공격을 허용한 상황.

신복동은 본능적으로 계획을 짜고 사브르를 휘둘렀다.

채앵.

아래에서 위로 쳐올린 신복동의 사브르가 서진우의 사브르와 부딪쳤다. 그 순간, 신복동이 사브르를 밀어 넣었다.

'베기 공격보다는 찌르기 공격이 빠르다!'

베기 공격이 막힌 서진우가 재차 베기 공격을 펼친다면, 찌르기 공격으로 전환한 자신보다 빠를 수 없다.

이런 확신을 가진 채 펼친 찌르기 공격.

푹.

푹.

거의 동시에 타격음이 흘러나왔다. 그리고 신복동이 표정을 굳힌 순간, 서진우가 말했다.

"이번에는 무승부네요."

'동시타!'

서로를 타격한 것이 동시였기에 서진우는 무승부라고 주장했다.

그러나 신복동은 고개를 가로저었다.

"내가… 졌네."

"……?"

"동시타는 양측 모두에게 득점으로 인정되거든."

"그럼 테스트를 통과한 겁니까?"

"그래."

테스트에 통과했다는 사실을 고지한 신복동이 서진우에게 새삼스러운 시선을 던졌다.

'이 자식, 뭐야?'

아직 펜싱 생초보인 만큼 스텝도 엉망이었고, 손 기술도 전혀 없었다.

그렇지만 천부적인 운동 신경으로 서진우는 그 약점들을 커버했다. 그리고 결국 자신을 상대로 포인트를 획득해 내는 데 성공했다.

"조금 전에 말일세. 왜 베기가 아니라 찌르기 공격을 선택했나?"

다섯 번째 공방전.

펜싱 경험이 일천한 서진우는 첫 번째 베기 공격이 막히고 나면, 재차 베기 공격을 펼칠 거라 예상했다.

그렇게 되면 베기 공격을 막아 낸 후 찌르기 공격으로 연계한 자신이 더 이른 시점에 타격에 성공하며 다섯 번째 포인트를 획득할 거라고 생각했는데.

결과는 달랐다.

그리고 동시타가 나온 이유는 서진우가 첫 번째 베기 공격이 막힌 후 재차 베기 공격을 펼치지 않고 찌르기 공격으로 연계했기 때문이었다.

"답을 알아냈거든요."

그 이유에 대해서 묻자, 서진우가 대답했다.

"무슨 답을 알아냈다는 건가?"

"검도와 펜싱의 차이 말입니다."

"자네가 찾아낸 답이 뭔가?"

"유효타입니다."

"유효타?"

"펜싱은 검도와 달리 치명타보다 유효타가 더 중요하더군요."

'그새… 답을 찾았군!'

신복동이 또 한 번 놀랐다.

대결을 펼치는 그 짧은 사이에 검도와 펜싱의 차이에 대해서 알아내고, 공격 방식을 바꾸는 것.

말은 쉬웠지만, 실행으로 옮기는 것은 절대 쉽지 않았다.

빠른 머리 회전과 천부적인 운동 신경이 뒷받침되었기 때문에 가능한 것이었다.

'가능성이… 있다!'

처음 서진우가 펜싱 국가 대표로 아시안 게임에 출전해서 메달리스트가 되고 싶다는 말을 했을 때만 해도 코웃음을 쳤다.

그런데 지금은 생각이 바뀌었다.

그래서 신복동이 말했다.

"2002년 아시안 게임을 목표로 하세."

*   *   *

신복동이 1998년 방콕 아시안 게임이 아니라 2002년 아시안 게임을 목표로 하자고 제안한 이유는 국가 대표 선발전까지 남은 시간이 얼마 남지 않았기 때문이었다.

스텝과 손 기술 등의 펜싱 기술을 전혀 습득하지 못한 현 상황에서 국가 대표 선발전에 출전하는 것은 시기상조라고 판단한 것이었다.

그러나 난 고집을 꺾지 않았다. 그리고 경험 차원에서라도 얼마 남지 않은 국가 대표 선발전에 출전해 보고 싶다는 주장을 굽히지 않았다.

"한 번쯤 쓰디쓴 경험을 해 보는 것도 나쁘지 않을 것 같군."

결국 신복동은 내 고집을 꺾지 못했다.

"펜싱 국가 대표는 종목별로 남녀 각 8명을 선발하네. 국가 대표 4명, 상비군 4명이지. 그 과정에서 FIE 랭킹이 영향을 미쳐. 아, 자넨 FIE 랭킹에 대해서 모를 테니 그것부터 설명해야겠군. FIE는 국제 펜싱 연맹의 약자야. FIE에서는 매년 선수들의 랭킹을 발표하는데 국가 대표 선발전 16강에 오른 선수들 가운데 FIE 랭킹이 높은 두 선수는 자동으로 국가 대표로 뽑혀. 그리고 나머지 6명은 각종 대회 및 국가 대표 선발전에서 좋은 성적을 거둔 선수들로 선발하지."

신복동의 설명을 듣던 내가 질문했다.

"펜싱 대회가 많습니까?"

"그리 많지 않아. 펜싱 인재 풀이 워낙 좁거든. 국가 대표 선발에 영향을 미치는 대회는 크게 넷이야. 종별 오픈 펜싱 대회, 대통령배 펜싱 대회, 협회장배 펜싱 대회, 그리고 국가 대표 선발전이지."

"그럼 그 네 대회의 성적을 합산해서 국가 대표 선발이 이뤄지는 겁니까?"

"맞아."

"올해 남은 대회는요?"

"협회장배 펜싱 대회와 국가 대표 선발전이 남았지. 그리고 협회장배 펜싱 대회는 한 달 뒤에 열려."

"남아 있는 두 대회에서 모두 우승하면 방콕 아시안 게임 국가 대표로 선발되는 것이 가능합니까?"

"두 대회에서 모두 우승한다면… 가능하긴 하겠지."

신복동은 떨떠름한 표정으로 대답했다.

당장 한 달 뒤에 열리는 대통령배 펜싱 대회에서 내가 우승을 차지하는 것이 불가능하다고 판단하기 때문이리라.

그러나 내게는 다른 선택의 여지가 없었다.

'우승해야겠네.'

결심을 굳힌 내가 제안했다.

"바로 훈련을 시작하시죠."

"지금 바로?"

놀라는 신복동에게 내가 덧붙였다.

"시간이 별로 없으니까 서둘러야죠."

　　　　　*　　　*　　　*

　선물로 들어온 초콜릿은 달달했다.

　"잘 먹겠습니다."

　김기철이 초콜릿 하나를 입에 넣고 녹여 먹으며 서류 작업을 하고 있을 때, 조동재가 다가왔다.

　"오락실 사건 참고인은 언제 온대?"

　"내일 오후 세 시까지 온다고 합니다."

　"알았어. 그런데… 맛있냐?"

　"맛 좋은데요. 검사님도 하나 드시죠."

　김기철이 초콜릿을 하나 내밀자, 조동재가 못 이긴 척 받아들며 말했다.

　"이야, 스타 수사관님이랑 같이 일하니까 간식도 얻어먹고 좋네."

　"하핫!"

　"포상금도 받았지? 언제 술 살 거야?"

　"술이야 언제든지 살 수 있죠. 오늘 저녁 어떠십니까?"

　지이잉, 지이잉.

　조동재와 대화를 나누고 있을 때 책상 위에 올려둔 휴대 전화가 진동했다.

　"여보세요?"

김기철이 전화를 받자 장수영의 목소리가 수화기 너머로 들렸다.

"기철 씨, 바빠요?"

그리고 장수영의 목소리를 들은 순간, 김기철의 입가로 환한 미소가 번졌다.

변춘제를 검거하는 과정에서 부상을 입었고, 부상 치료차 입원했다가 간호사 장수영을 만났다.

장수영은 한성 연쇄 살인 사건의 진범인 변춘제를 검거한 자신에게 호감을 표했고 먼저 고백까지 했다.

그래서 막 사귀기 시작한 상황.

"아니, 별로 안 바빠요. 무슨 일로 전화했어요?"

"그냥… 보고 싶어서 전화했어요."

"마침 전화 잘했네요."

"왜요?"

"나도 보고 싶었거든요."

"어머, 그럼 우리 텔레파시가 통한 거네요."

"그러니까요."

'아, 오래 살다 보니 이런 날도 오는구나.'

업무에 치여서 사는 게 일상.

연애는 딴 세상 단어라고 여기며 살아왔었는데.

자신에게 이런 달달구리 한 대화를 나누게 되는 날이 찾아오니 감회가 새로웠다.

"이따 저녁에 만날까요?"

그때 장수영이 데이트 신청을 했다.

"오늘 저녁이요?"

"네."

"그게……."

"왜요? 선약 있어요?"

조금 전, 조동재에게 술을 사기로 했던 것이 떠올라서 김기철이 말끝을 흐린 순간이었다.

"가."

자리를 떠나지 않고 통화에 귀를 기울이고 있던 조동재가 말했다.

"오늘만 날이야? 술이야 내일 마셔도 되고 모레 마셔도 돼. 나하고 술 마시는 것보다는 연애 사업이 훨씬 더 중요한 것 아니겠어?"

'우리 검사님이 원래 이렇게 쿨한 분이셨나?'

김기철이 감탄하면서 통화를 이어 나갔다.

"선약이 있어도 취소해야죠."

"어머, 굳이 저 때문에 그럴 필요는……."

"그럴 필요 있습니다."

"네?"

"수영 씨가 엄청 보고 싶거든요."

만약 드라마에서 이런 대사를 치는 주인공을 봤다면?

김기철은 손가락이 오그라들어서 욕을 하며 바로 채널을 돌려 버렸으리라.

그러나 지금은 드라마 속 주인공의 심정이 이해가 갔다.

"그럼 이따 일곱 시에 거기서 봐요."

그리고 약속 시간과 장소를 정하고 통화를 마쳤을 때였다.

"우리 스타 수사관님이 한동안 입원해서 일이 잔뜩 밀렸네. 그동안 푹 쉬었으니 이제 일 좀 해야지."

본인 책상으로 돌아갔던 조동재가 사건 서류철을 산더미처럼 들고 다가와 김기철의 책상 위에 올려놓으며 덧붙였다.

"김 수사관, 내일 아침까지 서류 작업 마쳐놔."

"내일 아침까지요?"

"그래, 내일 아침까지야."

조동재가 사악하게 느껴지는 미소를 지은 채 확인 사살을 한 후 다시 입을 뗐다.

"아, 배 아프다. 요새 왜 이렇게 배가 아픈지 모르겠네."

'그래, 우리 검사님이 이렇게 쿨한 분일 리가 없지.'

김기철이 미간을 찌푸렸다.

이 많은 사건의 서류 작업을 내일 아침까지 마치려면 밤을 꼬박 새워도 모자랄 정도였다.

장수영과의 데이트는 꿈도 못 꾸는 상황.

그로 인해 장수영과의 약속을 취소해야 할 위기에 처한 김기철이 두 눈을 빛내며 사무실 문을 열고 나가려고 하는 조동재의 등을 향해 말했다.

"새끼."

그리고 조동재는 귀가 무척 밝은 편이었다.

"김 수사관, 방금… 새끼라고 했어?"

"네."

"와아, 스타 수사관 되더니 이제 막 나가는 거야?"

"그런 게 아니라… 새끼를 쳐야 하는데 기회가 없다는 뜻이었습니다."

조동재도 연애와는 담을 쌓고 산 지 오래.

그래서 자신이 장수영과 연애를 시작하자 배가 아파서 이런다는 사실을 잘 알기에 김기철이 운을 떼자, 조동재가 다시 책상 앞으로 다가왔다.

"생각해 보니 아까 내가 잘못 생각한 것 같다."

"네?"

"어차피 쌓인 일인데 굳이 내일 아침까지 끝낼 필요는 없을 것 같거든. 천천히 나눠서 하자고. 대신… 잘해야 해."

"최선을 다하겠습니다."

"파이팅 좋네. 김 수사관만 믿을게."

조동재를 구워삶는 데 성공한 김기철이 퇴근 준비를 서둘렀다. 그리고 장수영과의 달달한 데이트를 상상하며 서부지검 로비를 가로지를 때였다.

"김기철 수사관님이시죠?"

한 여인이 앞으로 다가왔다.

그리고 김기철은 그 여인을 발견하자마자 걸음을 멈췄다.

'최동미!'

그날, 하마터면 변춘제에게 살해당할 뻔했던 여자의 얼굴을 금세 알아보았기 때문이었다.

*   *   *

"여긴 어떻게……?"

"인사를 드리고 싶어서요."

"네?"

"만약 김기철 수사관님이 아니었다면, 저는 그날 죽었을 거예요. 그래서 직접 만나 뵙고 꼭 한번 인사를 드리고 싶었습니다."

최동미가 자신을 만나기 위해서 서부지검까지 직접 찾아올 것은 예상치 못했기에 김기철이 살짝 당황했을 때였다.

"이거 받으세요."

최동미가 손에 들려 있던 보자기 꾸러미를 내밀었다.

"이게 뭡니까?"

"어떻게든 보답을 해야겠다고 생각했는데… 형편이 넉넉지 않아서요. 혼자 사신다는 기사를 봐서 엄마와 같이 밑반찬을 좀 만들었어요. 많이 약소하다는 것은 알고 있지만 받아 주세요."

엉겁결에 김기철이 그 보자기 꾸러미를 건네받았을 때였다.

"살려 주서서 감사합니다. 평생… 제가 숨이 붙어 있는 동안은 김기철 수사관님의 은혜를 잊지 않겠습니다."

최동미가 깊이 고개를 숙여 인사한 후, 몸을 돌려서 걸어갔다.

위태롭게 느껴지는 걸음걸이로 그녀가 비슷한 연배의 여인에게로 다가갔다.

"잘했어. 많이 힘들었지?"

그리고 언니로 추정되는 여자가 건넨 말을 들은 김기철이 한숨을 내쉬었다.

사건 피해자가 용기를 내어 세상에 나오는 것이 어렵다는 것.

검찰 수사관이란 직업을 가진 김기철은 누구보다 잘 알고 있었다.

그런데 최동미는 자신에게 감사 인사를 하기 위해서 어렵게 용기를 쥐어짜 낸 것이었다.

'이건… 아니다.'

그런 최동미의 뒷모습을 지켜보던 김기철이 퍼뜩 떠올린 생각이었다.

한성 연쇄 살인 사건의 진범인 변춘제를 자신이 검거한 것으로 하라고 서진우는 말했다. 그래서 김기철은 말 그대로 스타가 됐다.

하지만 적어도 사건 피해자였던 최동미만은 진실을 알아야 한다는 생각이 든 순간, 김기철이 서둘러 말했다.

"제가 아닙니다."

"네?"

그 이야기를 들은 최동미가 의아한 표정으로 고개를 돌렸다.

"감사 인사를 받아야 할 사람, 제가 아니란 뜻입니다."

"그게 무슨 소리인가요?"

"그날 그 장소에는… 저 혼자 있었던 것이 아닙니다."

"……?"

"서진우라는 분이 함께 있었습니다. 그리고 최동미 씨를 구한 것은 서진우 씨입니다. 서진우 씨가 본인의 존재가 드러나는 것을 원치 않아서 매스컴에서는 제 이름만 등장했지만, 그분이 최동미 씨를 구해 주었습니다. 그러니까… 최동미 씨는 저보다 서진우 씨에게 감사해야 합니다."

놀란 표정을 짓고 있던 최동미가 잠시 후 고개를 끄덕이며 입을 뗐다.

"알려 주셔서 감사합니다."

*   *   *

플뢰레, 에페, 사브르.

펜싱의 세 종목 중 사브르는 다른 두 종목과 다른 점이 많았다.

가장 큰 차이점은 플뢰레와 에페가 찌르기만 유효타인 반면, 사브르는 찌르기와 베기가 모두 유효타라는 것이다.

그리고 하나 더, 사브르는 다른 두 종목에 비해서 심판의 판정이 절대적인 비중을 차지하는 편이었다.

펜싱의 종주국은 프랑스.

전통적으로 유럽의 입김이 센 편이기 때문에 유럽세에 밀려서 한국 및 아시아 선수들은 판정에서 손해를 보며 싸우는 경우가 잦았다.

이런 이유로 인해 신복동은 한국이 사브르에서 올림픽 메달을 따는 것은 불가능하다고 단언했다.

'정말… 불가능한 건가?'

페널티를 받기 이전의 나였다면, 펜싱 사브르 종목 한국 선수가 훗날 올림픽 메달을 땄는가 여부를 알 수 있었을 터.

그러나 페널티를 받은 지금은 모르겠다.

미래 지식이 떠오르지 않아서였다.

어쨌든 신복동은 이 점이 오히려 내게는 다행이라고 덧붙였다.

"한번 말한 적이 있지만, 펜싱은 대중 스포츠가 아니라 엘리트 체육 종목이야. 펜싱을 하려는 선수들의 궁극적인 목표는 올림픽에 출전해서 메달을 따는 거지. 그런데 사브르 종목 선수로 올림픽에 출전해서 메달을 따는 것이 불가능에 가깝다는 사실을 알고 있기 때문에 거의 모든 선수들이 플뢰레와 에페에 집중하자는 분위기거든. 즉, 사브르 종목에 뛰어드는 선수들의 수가 특히 적다는 거지."

사브르 종목에 경쟁자가 적다는 것.

신복동의 주장처럼 내게는 유리한 조건이었다.

"결국은… 발 기술이라고 했지."

손 기술과 발 기술.

두 가지 모두 중요하지만, 신복동은 내게 발 기술에 더 집중하라는 조언을 건넸다.

그 이유는 스텝의 변화로 상대를 흔들고 타이밍을 뺏어서 상대 선수에게 심리적 압박을 가할 수 있기 때문이라고 말했다.

즉, 멘탈 게임으로 이끌고 가는 편이 손 기술이 부족한 내가 대회에 출전해서 좋은 성적을 거둘 수 있는 방법이라고 제시했다.

"신복동 씨를 만난 건 운이 좋았어."

꿈이 있기 때문일까.

신복동은 선수 생활을 그만둔 후에도 꾸준히 펜싱계의 흐름에 대해서 공부했다.

그래서 펜싱 초보자인 내게 실질적인 도움이 되는 조언들을 건넬 수 있는 것이었다.

다른 지도자가 아닌 신복동을 만난 것이 운이 좋았다고 생각하면서 난 그가 알려 준 스텝을 몸에 익히는 데 집중했다.

그렇게 얼마나 시간이 지났을까.

내 얼굴이 땀범벅이 됐을 때였다.

—선행 포인트를 획득했습니다. 10포인트를 획득했습니다.

눈앞에 익숙한 메시지가 떠올랐다.

그 메시지를 확인한 내가 스텝 훈련을 멈추고 두 눈을 빛냈다.

'왜 선행 포인트를 획득한 거지?'

갑자기 선행 포인트를 얻은 이유에 대해서 고민하던 내가 뒤이어 떠올린 것은 이전에 확인했던 메시지였다.

—현재까지 누적된 선행 포인트는 91포인트입니다.

'IMF'가 개봉한 후, 잊힐 만할 때쯤 한 번씩 1포인트 혹은 2포인트의 선행 포인트를 획득했다는 메시지가 떠올랐고, 마지막으로 선행 포인트를 획득한 후 누적된 선행 포인트가 91포인트였다는 것을 난 기억하고 있었다.

그런데 방금 10포인트의 선행 포인트를 더 획득한 상황이니 누적 포인트가 100포인트를 넘겼을 것이었다.

—현재까지 누적된 선행 포인트는 101포인트입니다.

그런 내 계산은 정확했다.

10포인트의 선행 포인트를 추가로 획득하며 누적된 선행 포인트가 101포인트가 됐다는 메시지가 이내 눈앞에 떠올랐다.

"그래도… 계산은 정확하네."

그 메시지를 확인한 후, 수건으로 땀을 닦던 내가 쓴웃음을 머금었다.

무척 불친절하긴 해도 계산 하나만큼은 정확하단 생각이 들어서였다.

그때, 내 눈앞에 이번에는 익숙지 않은 메시지가 떠올랐다.

―누적 선행 포인트가 100포인트를 돌파했습니다. 누적 선행 포인트로 페널티를 차감하는 것이 가능합니다.

새 메시지를 확인한 내가 흠칫하며 수건으로 땀을 닦던 손길을 멈췄다.

"누적 선행 포인트로… 페널티를 차감하는 것이 가능하다고?"

지금까지는 선행 포인트로 대체 무엇을 할 수 있는가에 대해서 어떤 언급이나 설명이 없었다.

그런데 처음으로 선행 포인트의 활용 방법이 드러났다.

"누적 선행 포인트가 100포인트를 넘으면 활용이 가능한 건가 보구나."

내가 두 눈을 빛내고 있을 때였다.

—선행 포인트를 활용해서 페널티 기간을 줄일 수 있습니다. 누적 선행 포인트 100포인트를 활용해서 차감할 수 있는 페널티 기간은 1년입니다. 차감하시겠습니까?

또다시 메시지가 떠올랐다. 그리고 누적 선행 포인트 100포인트를 활용해서 페널티 기간을 1년 차감할 수 있다는 정보를 알게 된 순간, 눈이 번쩍 뜨이는 느낌이었다.

'가장 필요한 순간에 떠오른 메시지!'

이런 생각이 퍼뜩 들어서였다.

그리고 내 선택은 당연했다.

"차감… 하겠다."

내가 차감하겠다는 의사를 드러낸 순간, 또 다른 메시지가 떠올랐다.

—누적 선행 포인트 100포인트를 활용하는 데 동의했습니다. 현재 당신의 선행 포인트는 1포인트입니다.

—누적 선행 포인트 100포인트를 활용해서 페널티 기간을 1년 차감합니다. 남은 페널티 기간은 1년입니다.

"대… 박!"

평소와 달리 친절한 설명에 내가 입을 쩍 벌렸다.

이 설명을 통해서 알게 된 것은 여럿.

우선 한성 연쇄 살인 사건의 진범인 변춘제를 검거하는 과정에서 세상의 균형을 해쳤다는 이유로 내가 받았던 페널티 기간이 2년이란 것을 알 수 있었다.

즉, 페널티를 받은 시점부터 2년간 미래 지식을 활용할 수 없다는 뜻이었다.

"2년이었구나."

페널티의 정체가 미래 지식을 활용할 수 없다는 것은 이미 알고 있었다.

그런데 페널티가 적용되는 기간에 대해서는 알지 못했다.

그리고 불확실성은 사람을 가장 두렵게 만드는 것이었다.

'어쩌면… 영원히 미래 지식을 활용할 수 없게 된 것이 아닐까?'

페널티를 받은 후 내가 가장 걱정하고 두려워했던 점이었다.

그런데 2년이 지난 후에는 페널티 적용 기간이 끝나고 다시 회귀자의 가장 큰 무기라 할 수 있는 미래 지식을 활용할 수 있다는 사실을 알고 난 순간, 안도감이 깃들었다.

그리고 내가 퍼뜩 떠올린 것은 다른 변종 회귀자들이었다.

―변종 회귀자가 세상의 균형을 해칠 수 있을 정도로 지나친 간섭 행위를 한 탓에 경고와 페널티를 받습니다.

내 눈앞에 이런 메시지가 떠올랐던 것은 총 세 번.

그 세 번 중 한 번은 나였다.

다시 말해 나머지 두 번의 경우는 다른 변종 회귀자들이 경고와 페널티를 받았다는 뜻.

그들 역시 나와 마찬가지로 페널티를 받고 나서, 또 페널티의 정체를 알고 나서 크게 당황했으리라.

또, 대체 언제까지 미래 지식을 활용할 수 없는가에 대해서 알지 못했기에 두려움과 공포를 느꼈을 것이었다.

"지금까지도… 모르고 있을 확률이 높아."

페널티를 받게 됐다는 메시지에 페널티가 적용되는 기간에 대한 설명은 포함되어 있지 않았었다.

만약 누적 선행 포인트가 100포인트를 넘겨서 페널티 차감이 가능한 케이스가 되지 않았다면?

나 역시 지금까지도 페널티가 적용되는 정확한 기간에 대해서 알지 못하고 불안해하고 있었으리라.

"나처럼 착하게 살았을 가능성은 낮아."

또 다른 변종 회귀자들의 누적 선행 포인트가 100포인트를 넘겼을 가능성은 희박했다.

그러니 그들은 지금까지도 페널티가 적용되는 기간이 언제까지인지 알지 못해서 불안해하고 있을 가능성이 높았다.

"이건… 아주 큰 변수야."

난 혼잣말을 꺼낸 후, 생각의 물꼬를 틀었다.

'선행 포인트의 활용법을 알게 됐다는 것도 중요해.'

지금까지는 선행 포인트를 어떻게 사용하는가에 대해서 알지 못했다.

그런데 이제는 선행 포인트를 사용하는 방법에 대해서 알게 됐다.

'누적 선행 포인트가 100포인트를 넘겨야만 사용이 가능해. 그리고 100포인트를 사용해서 페널티 기간을 1년 차감할 수 있어.'

2년에서 1년으로.

난 누적 선행 포인트를 100포인트 이상 획득했고, 그 덕분에 페널티 적용 기간을 2년에서 1년으로 줄일 수 있었다.

1년이란 시간.

별로 중요하지 않게 느껴질 수도 있었다.

그러나 난 회귀자이기에 미래 지식을 활용할 수 있는 1년이라는 시간이 얼마나 중요한 시간인지를 잘 알고 있다.

잠시 후, 내가 희미한 미소를 지은 채 각오를 다졌다.

"앞으로 더 착하게 살아야겠네."

『회귀자와 함께 살아가는 법』 8권에 계속…